Jacques-Jean EBRARD
1984

Alexis PIRON

LA
MÉTROMANIE

COMÉDIE EN 5 ACTES ET EN VERS

Nouvelle Édition
D'APRÈS LE MANUSCRIT DE DIJON
Avec Introduction, Notes
Portrait du poète et Paysage dû à la plume d'Alexis Piron
Par M. J. DURANDEAU

Prix : **3** francs

DIJON
En vente aux bureaux du *Réveil Bourguignon*
40, rue Amiral-Roussin, 40

1906

1913 « **La Métromanie** » comédie en cinq
actes et en vers. Nouvelle édit. d'après le
manuscrit de Dijon, avec introduction et
notes, par J. Durandeau. *Dijon*, 1906, in-8, br.
(Epuisé).   6 fr.
1914 **Même ouvr.** sur pap. vergé.   8 fr

PIRON à 75 ans. — *D'après St-Aubin*

LA MÉTROMANIE

Alexis PIRON

LA
MÉTROMANIE

COMÉDIE EN 5 ACTES ET EN VERS

Nouvelle Édition
D'APRES LE MANUSCRIT DE DIJON

Avec Introduction et Notes

Par M. J. DURANDEAU

DIJON

En vente aux bureaux du *Réveil Bourguignon*

40, rue Amiral-Roussin, 40

—

1905

INTRODUCTION

« J'ai plus aimé que l'on ne croit. »
Alexis Piron.

« Un seul ouvrage supérieur vaut mieux que vingt médiocres. Il y a infiniment plus de génie tragique dans *Radamiste* que dans tout ce qu'a fait l'auteur du *Siége de Calais.* Il n'y a personne qui n'aimât mieux avoir fait *la Métromanie,* ouvrage unique de Piron, que toutes les farces de Dancourt et même que toutes les jolies pièces de Dufresnoy. »
La Harpe.

L'antithèse est partout dans la nature, et ce n'est pas là une vaine figure de rhétorique. Le jour s'oppose à la nuit, la vie à la mort, le vice à la vertu ; mais, chose surprenante, l'antithèse vit aussi en nous ; nous sommes des êtres pleins d'oppositions, de contrastes, et c'est ce qui a fait dire à Racine : *Je sens deux hommes en moi.* Ces deux hommes antithétiques (1) existèrent au plus haut point dans Alexis Piron ; ce licencieux est le père d'un chef-d'œuvre qu'on pourrait mettre aux mains des jeunes filles.

Quoi de plus innocent, en effet, je dirai même, quoi de plus chaste que *la Métromanie ?* Allant plus loin encore, si possi-

---

(1) N'est-ce point là la donnée du conte que Voltaire a intitulé : *Le blanc et le noir,* — Topaze et Ebène ?

ble, j'ajouterai : quoi de plus délicat et de plus élevé dans l'ordre des sentiments supérieurs ? Et c'est à cet égrillard d'Alexis Piron, ce grand *Binbin*, cet *éternueur* d'épigrammes qui ne respectait guère en apparence le beau sexe et la langue académique, qu'on doit cette œuvre si retenue, si parfaite, admiration de tous les maîtres de la critique.

Et puis quelle verve, — *vis comica*, — en cette comédie ! Quelle vivacité de dialogue ! Que d'esprit d'un sel plus voisin de l'Attique que de la Bourgogne, mêlé à je ne sais quelle fraîcheur dans le ton, comme dans les couleurs ! Et qui n'a remarqué combien les personnages en sont vivants ? Là, nul être abstrait ou de convention ; pas de mannequins automatiques ! Là, tout le monde vit au naturel, parle, marche, rit, épanche ses sentiments ainsi que dans la vie quotidienne. C'est un M. *Francaleu*, un enrichi, mordu sur le tard du chien de la Métromanie ; c'est *Baliveau*, le capitoul de Tolose, un oncle très positif, comme il convient à son âge et à sa dignité ; c'est surtout *Damis* le poète qu'on aime avec toutes ses fantaisies, toutes ses chimères amoureuses et sa générosité presque sublime.

Les autres personnages de la pièce, pour être moins attachants, moins en relief aussi, ne sont pas moins réels. Leurs caractères se développent par l'action même ou sont produits au jour par la vive imagination du poète ; ils ne fluent pas, ils ne se contredisent point d'un bout à l'autre de la pièce. Le trait qui les marque reste gravé dans la pensée du spectateur. La peinture du caractère de la jeune fille indolente est connue ; mais la tentative que Lisette fait pour la tirer de son apathie, n'est-elle pas décrite en un style plein de charme :

> « Il fallait bien d'abord préparer toutes choses,
> De l'empire amoureux lui déplier les roses,
> L'induire à se vouloir baisser pour en cueillir !...
> . . . .
> Elle n'a plus l'esprit maintenant occupé
> Que des bords du Lignon, des vallons de Tempé,
> De bergers figurant quelques danses légères
> Ou tout le jour assis aux pieds de leurs bergères
> Et couronnés de fleurs, au son du chalumeau,
> Le soir, à pas comptés, regagnant le hameau. »

Connaissez-vous quelque part un tableau champêtre, dans le genre idyllique, qui soit supérieur à celui-là ? Et trouvez-moi ailleurs un vers plus gracieux et plus vivant que cet alexandrin :

« Des bergers figurant quelques danses légères ? »

Pour comprendre l'importance du chef-d'œuvre de Piron, il faut songer qu'au 18° siècle il n'y eut guère que quatre types saillants : 1° *Les financiers* ; — 2° *Les philosophes* ; — 3° *Les métromanes*, et 4° ceux que l'on pourrait appeler les *Figaristes*, représentants de la nouvelle couche sociale dont le *Figaro* de Beaumarchais fut le spécimen. Tous ces types existent encore aujourd'hui, même le type métromane, et c'est ce qui maintient, parmi les pièces de premier ordre, celle du dijonnais Piron (1). Au reste, voici ce qu'en dit M. *Emile Faguet* à propos du théâtre au 18° siècle :

« Et la grande comédie, dans tout cela, que devenait-elle, la comédie qui creuse droit et profond, qui renseigne l'homme non seulement sur les travers des hommes de tel temps, mais sur les vices et les ridicules des hommes de tous les âges, qui donne un tableau du cœur, comme la tragédie, mais à un autre point de vue et avec plus de liberté, d'aisance et de souple pénétration ? — Je l'ai dit. Elle était dans Marivaux, elle était dans *Turcaret*, dans la *Métromanie*, dans le *Méchant* ; et il ne faut guère aller plus loin. Où l'on voit que ce sont bien là de grandes comédies, c'est qu'elles semblent prophétiques, c'est que les générations qui les suivent s'y reconnaissent. Cela veut dire simplement que tout en nous donnant des personnages vivants, sans quoi elles ennuieraient, elles ont un grand caractère de généralité.

« Les générations suivantes s'y reconnaissent parce que les générations précédentes s'y seraient reconnues. Molière avait fait d'avance dans le *Tartuffe* la satire des hommes de la fin du dix-septième siècle, qu'il n'a pas vus. De même Lesage fait en 1709 la satire des contemporains de Law. De même

---

(1) Alexis Piron naquit à Dijon, le 8 juillet 1689, rue du Bourg, près la place St-Georges, où son père, Aimé Piron, était apothicaire, — (c'est le côté opposé à la rue Piron actuelle, car de sa boutique le père dit qu'il voyait la rue de la Poulaillerie) ; il mourut à Paris le 21 janvier 1773, rue des Moulins, prétend M. *Jal* en son dictionnaire critique, p. 977.

ce bon Piron trace un portrait du poète, où il semble toujours, quand on le lit, qu'il soit question des romantiques de 1830. C'est le même enivrement naïf et béat, le même lyrisme moitié vrai moitié factice, le même engouement de soi-même presque touchant dans sa franchise, la même transposition de tous les sentiments qui se transforment d'eux-mêmes en littérature :

> « L'illusion nous frappe autant que l'existence
> Et par le sentiment suffisamment heureux
> De l'amour seulement nous sommes amoureux ».

Le dernier éditeur de la Métromanie a été M. F. de *Marescot* (1) qui a préféré passer en revue tout le théâtre de Piron que de rééditer la préface dont l'auteur a fait précéder sa comédie quand en 1758 il faisait un bout de toilette en vue de la postérité. Même en cette longue causerie (elle va de la page 245 à la 273ᵉ) Alexis n'a pas cherché à situer sa pièce dans le cadre qu'elle occupe en notre littérature. Examinons ce point.

A nos yeux Piron est un rejeton de l'*Astrée*, un continuateur de d'Urfé, il est plein de pastorales. Son éducation poétique et la vie patriarcale qu'on menait dans la maison paternelle, l'ont incliné de ce côté, tandis que son tempérament bourguignon le poussait aux joyeusetés, aux *beuveries*, aux saillies, aux adorations de la dive bouteille. Il s'appelait quelquefois *piotteur*, — le mot est de lui, — c'est-à-dire buveur de piot, et aussi *éternueur* d'épigrammes. Ainsi il apparut comme un être plaisant et plaisantant, toujours joyeux, vrai fils de Rabelais, échappé un beau jour de son pantagruélique ouvrage. Et c'est le Piron traditionnel, celui qui offusque l'autre.

Si l'on écarte ce Piron tout d'apparence et de surface, on découvre le Piron intime, d'une nature en quelque sorte familiale, esprit orthodoxe en religion autant qu'en politique et en littérature ; car, prenons-y garde, sa priapée elle-même est une ode selon les règles et dans la grande coupe classique. Son

---

(1) Paris, librairie des Bibliophiles, 1877. — Tout au haut de la couverture, on lit : « *Les petits chefs d'œuvre.* » Quelle impertinence ! *Les petits !* Ah ça, y a-t-il des chefs-d'œuvre qui puissent être *petits* et d'autres qui seraient *grands ?* Ce sont les auteurs qui sont plus ou moins grands, mais non les chefs-d'œuvre. Ceux-ci peuvent former deux classes : les chefs-d'œuvre de premier ordre et ceux qualifiés par certains critiques de chefs-d'œuvre de second ordre, mais ils ne sont point petits pour cela, ces chefs-d'œuvre.

honnêteté fondamentale lui fit dédaigner la fortune et on le voit, tout pauvre qu'il est, se priver des quelques louis, péniblement amassés, pour venir en aide à sa vieille mère, la fille du grand sculpteur Dubois. Jeune encore, à vingt ans, il est amoureux, il soupire dans les allées de l'arquebuse de Dijon pour une sienne cousine ; mais, malgré ses soupirs et ses vers de bergerie, il fut éconduit. La belle, — elle l'était, — visait plus haut. Piron eut longtemps son image en son cœur. Ayant donc conservé ses sentiments d'amour pur, il tint en petite estime les femmes équivoques et l'on sait sa réponse à l'une d'elles qui lui avait dit : « Pourquoi me considérez-vous ainsi ? » — « *Je ne vous considère pas, Madame, je vous regarde* ». La riposte était vive, mais juste.

C'est ce Piron-là qu'il faut surtout faire connaître, tendre Thyrsis, véritable habitant des bords du Lignon, portant au fond de l'âme l'idéal pastoral (1). Il aima, comme il le dit, plus qu'on ne le croit et d'un attachement désintéressé. Ce vers d'un amant, de Dorante, rival de Damis, ne part-il pas du fond du cœur d'un poète amoureux, au moment où il peut voir enfin sa bien-aimée :

« Que ce jour a tardé longtemps à mon amour ! »

Mais, redisons-le, que d'échappées champêtres chez ce Piron, notre Piron ! Ce colosse ne respirait à l'aise que dans la Nature ; c'était là son véritable milieu, comme il le fut également pour Jean-Jacques Rousseau, un sentimental, lui aussi, vivante antithèse de l'ordre social tel qu'il était établi. Il le jugeait mauvais. Et c'est là le sentiment de Piron bien qu'il ne le dise pas. sa modestie, sa bonhomie, lui faisant croire que c'est lui qui ne cadre pas avec les diverses professions sociales, parce qu'il est poète, c'est-à-dire un naïf, un primitif, un esprit simpliste, bref le grand Binbin !

---

(1) Il dit lui-même : « Une nouvelle édition du beau roman de *Tharsis* et *Zélie*, ayant réveillé vivement en moi les images délicieuses dont l'*Astrée* enchanta ma première jeunesse, j'entrepris la pastorale des *Cours s de Tempé*. » Et il prend en mains la défense de ce genre un peu démodé : « Quelle étrange révolution est donc celle-ci ! Quoi, Théocrite, Virgile, le Tasse et Guarini auront plu dans la Grèce, à Rome et dans l'Italie ; d'Urfé, Racan, Segrais, Deshoulières et Fontenelle, en France : tout ce qu'ils auront fait dire à leurs bergers se sera de tout temps appelé, et s'appellera encore du nôtre, par habitude, les délices du cœur et de l'esprit, et tout ce que produiraient leurs imitateurs, ne s'appellerait plus qu'ennui, glace et rêveries de nos bons vieux pères, etc ? »

Ainsi, il occupe la scène et fait, en quelque sorte, l'intermède entre d'Urfé et Jean-Jacques, dont la grande ombre va se projeter jusque sur Georges Sand. Sans doute entre d'Urfé et lui, il y eut des jalons, des anneaux intermédiaires dans la longue chaîne de l'évolution pastorale ; il ne faut pas les négliger ; les Scudéry et La Fontaine sont de ce nombre. D'autres encore peut-être, sans oublier les imitateurs facétieux, les ironistes, comme Sorel.

Piron est si préoccupé de la nature qu'il place à la campagne la scène où se déroule *la Métromanie* et que le premier vers de la pièce est celui-ci :

« *Cette maison des champs* me paraît un bon gîte ! »

Il l'a dans sa pensée, cette maison des champs, depuis les temps de sa jeunesse ; on la possède dessinée à la plume par lui-même et c'est au musée de Dijon que l'on voit cette pièce précieuse (1) Cette tendance à la pastorale, chez Piron, n'a pas échappé à M. *Crouslé* (2) :

« Il semble, dit-il, que ce poète avait des mœurs assez rares pour son siècle, je veux dire tout simplement des mœurs modestes et le goût de la vie champêtre (3). Il a presque les goûts de Jean-Jacques Rousseau, sans en faire autant de bruit. Son bonheur, à Paris, est de fuir le matin dans les bois avec son maigre déjeûner dans sa poche, et d'aller travailler sous les hêtres. M. J. Durandeau a découvert un témoignage authentique des goûts simples et pourtant délicats d'Alexis Piron ; c'est un paysage dessiné par lui à la plume, — joli dessin dans le style un peu artificiel des paysagistes de l'école académique, — au bas duquel la plume du dessinateur a écrit ce distique :

« *Tristis in urbe manens, et grati ruris amator,*
Delector gracili pingere rura manu ».

---

(1) J'en ai parlé dans la *Revue Bleue*.

(2) Préface des *Poèmes bourguignons* d'Aimé Piron, — Dijon, 1886.

(3) Piron composa son *Gustave Wasa* dans la maison de campagne du comte de Livry ; son *Callisthène* en Normandie, sous les pommiers ; ainsi il mêle toujours la nature à ses œuvres. — Voyez les Goncourt, *Portraits intimes du 18e siècle.*

« Cet ami des champs ne manquait pourtant pas de l'esprit qui servait dans les salons et parmi les gens de lettres ; Voltaire lui-même eut affaire à lui dans la conversation, et il ne semble pas que l'avantage lui soit resté ».

Au point de vue psychologique il était, nous dit-il, *riant, ouvert, ingénu, sensible*, et, dans sa vieillesse, il parle un peu ironiquement « de la jeunesse qui ne s'égare plus dans les douces illusions du tendre amour. » Par ce côté de la sensibilité il était bien de son siècle. N'a-t-il pas fait une fable en l'honneur de la fidélité et ne s'est-il pas montré tout affectionné à celle qui devint sa femme et qu'il servit avec un parfait dévouement quand elle fut devenue à moitié idiote et folle ? Détachons de la fable, à laquelle nous faisons allusion, quatre vers d'une charmante délicatesse :

> « Elle était jeune, elle était belle,
> Ou peu s'en était fallu !
> Et ce peu la laissait telle
> Qu'une plus belle eût moins plu ! »

Mais voici qui est plus délicat encore, raffiné même et mignard à la façon du 16e siècle :

> « Sur l'éclat ravissant dont un verre étincelle,
> . . . .
> Ma belle amante a penché son visage,
> Tandis que, l'œil fixé sur ce joli tableau,
> Je buvais lentement, avec un chalumeau,
> Pour abreuver ainsi mon cœur de son image ! »

Si l'on veut bien comprendre la source profonde de l'inspiration chez notre poète, il ne faut point perdre de vue la Bourgone. Piron, en effet n'a jamais été ce qu'on appelle aujourd'hui un *déraciné*; le bon vin du pays, les bons mots qu'il y avait *éternués*, ses fameux voyages à Beaune et jusqu'aux traditions de la *Mère-folle*, tout cela vécut toujours en lui. Lorsqu'il nous dit combien il redoute le lecteur « *assis à l'aise*, » ou encore le lecteur « *bien assis* », qu'il oppose à « l'auditeur debout », c'est un plaisant souvenir (1) qui le hante des gaies

---

(1) En voici un échantillon : « A Dijon,
    L'an mil six cent avec vingt-six,
    Etant à l'aise et bien assis. »

réceptions des enfants de *Mère folie* et du père *Bontemps*, rejetons quelque peu dégénérés à Paris au XVIIIᵉ siècle, sous le titre de « *Régiment de la calotte* », organisé avec l'aide de notre Alexis, qui n'oublie pas non plus le patois bourguignon où excellait son père. Il va jusqu'à plaider la cause du langage des paysans qu'il introduit sur la scène.

« Leur parler, dit-il, n'est pas insupportable à toute sorte d'oreilles. Gaîté, précision, justesse, énergie, vérité. tout cela lui est passé en compte par plus d'un bon esprit... Eh! pourquoi le théâtre, comme la peinture, n'aurait-il point ses Téniers, ainsi que ses Raphaëls? Le paysage n'est pas la moindre partie de ce bel art. et lorsqu'on jette des figures dans le paysage, n'y drape-t-on pas celle du villageois qui passe, comme celle du gentilhomme qui court le lièvre? »

Encore un mot, un dernier trait pour achever la peinture du caractère de Piron ; nous l'empruntons à son *Ecole des Pères* :

« C'est un air de franchise en lui surtout qui plaît. »

Tel fut Damis. et, durant toute sa vie, tel a été Piron qui se qualifia du nom de *Binbin*, mot bourguignon dont le sens est *bénin*, quand il s'agit de l'adjectif ou du nom commun ; mais c'est *Bénigne*, en tant que nom propre (1), et ce saint est le patron de Dijon. Or, quiconque porte le prénom de *Bénigne*, est appelé *Binbin* en Bourgogne. Voilà ce qu'il était bon de dire, car la plupart des critiques n'ont rien compris à cette appellation qui dénote combien Alexis tenait à sa terre natale et à manifester que la bonté ne lui était pas étrangère, tout éternueur d'épigrammes qu'il fût.

J. D.

Vitteaux, 28 février 1905.

---

(1) Le terme familier est *Binbin*, comme nous le disons ; mais l'appellation régulière est *Beraigne*. (Voyez notre *Dictionnaire français-bourguignon*). Le père d'Alexis a dit :

« Anfin Sain-*Beraigne*
Veni dan nos écraigne. »

PRÉFACE
DE LA MÉTROMANIE

Nous avons dit que cette préface était fort longue, mais c'est un beau morceau. On peut y démêler trois parties dont la première forme une sorte de confession à la jean-jacques ; la seconde a trait surtout aux mésaventures que Piron encourut toute sa vie à cause de la fameuse ode, dont il n'avait soufflé mot dans la confession des trente premières années où il ne dit rien non plus de sa « violente amour » pour sa cousine ; la troisième partie se rapporte surtout à son chef-d'œuvre et aux critiques qu'il a essuyées. Nous croyons devoir publier en entier le récit de sa vie à Dijon, sa formation poétique et la critique indirecte qu'il fait des diverses professions où s'engage d'ordinaire la jeunesse. Ce sont des pages qui méritent d'être lues et méditées. Les voici :

Un chasseur passionné qui se trouve en automne au lever d'une belle aurore, dans une plaine ou dans une forêt fertile en gibier, ne se sent pas le cœur plus réjoui que dût être l'esprit de Molière quand, après avoir fait le plan du *Misanthrope*, il entra dans ce champ vaste où tous les ridicules du monde venaient se présenter en foule, et comme d'eux-mêmes, aux traits qu'il savait si bien lancer. La belle journée de philosophe ! Pouvait-elle manquer d'être l'époque du chef-d'œuvre de notre théâtre ?

Telle était la réflexion continuelle que je faisais en composant la *Métromanie*, le versificateur se trouvant ici dans son élément à peu près comme ce grand poète et ce sage persécuteur du ridicule s'était trouvé là dans le sien, mais avec la différence bien fâcheuse pour moi que, dans le Misanthrope, le poète était souverainement doué des talents nécessaires au philosophe, au lieu qu'ici les talents nécessaires au poète manquaient totalement au versificateur. De là, s'élevait en moi, comme s'élève sans doute aussi dans l'âme du lecteur, un vif regret que le Maître ne se fût pas avisé de traiter un sujet assez fécond, assez piquant, pour n'avoir pu même être tout-à-fait malheureux entre les mains du disciple. Que n'eût pas dit, en effet, ce grand homme, où j'ai dit si peu ! Quelles fleurs n'eût-il pas fait briller, quels fruits n'eût-il pas fait naître sur un terrain plus connu de lui que de nul autre, et que je n'ai tout au plus tapissé que d'un peu de mousse et de verdure ?

Pénétré donc de mon insuffisance, la plume à chaque vers eût dû me tomber de la main, mais que peut le raisonnement contre la *planète*, et de quels poids sont les réflexions balancées par l'*ascendant* (1)? Je ne prétends point, par les grands mots de *planète* et d'*ascendant*, me donner pour un de ces hommes heureusement nés sous l'astre qui forme les vrais poètes ; je ne viens pas de me rendre justice tout à l'heure pour me contredire si tôt. Je ne me donne que pour ce que je suis, que pour un de ces esprits trop ordinaires qui reçoivent le jour non sous l'astre bénin dont l'influence est si rare, mais sous cet astre pestilentiel et non moins dominant qui fait qu'on a la fureur d'être poète, et souvent, qui pis est, celle de se le croire.

Je cédai donc à la force majeure ; ainsi peut bien s'appeler cette manie qui fait ici tout à la fois l'excuse bonne ou mauvaise de l'auteur, et le titre de la pièce, et je lui cédai d'autant plus naturellement qu'après tout le bien et le mal qu'elle m'a causés, je ne pouvais manquer d'avoir une vive démangeaison d'en dire tout le mal et tout le bien que j'en pense.

Que de douceurs imaginaires et que d'amertumes bien réelles n'a-t elle pas, en effet, répandus sur le cours de ma vie? A commencer par les amertumes, que de persécutions dès mon enfance, et qui n'aboutirent qu'à l'effet ordinaire des persécutions, c'est-à-

---

(1) Piron paraît croire ici à l'influence secrète de l'astre qui préside à la naissance des poètes. C'est un reste de la prétendue science astrologique. Le poète était sensé, d'après cette théorie, ne pouvoir rien contre l'ascendant de la planète. Plus loin, il nous semble qu'une autre théorie, plus rationnelle, est mise en avant, ainsi qu'on le verra.

dire qu'à rengréger le mal (1). Je ne péchai plus qu'en secret, et, si des pécheurs c'est l'espèce la moins scandaleuse, c'est aussi, comme on sait, la plus endurcie. Que ceux qui veillaient à mon éducation n'eurent-ils un peu d'adresse et de patience, j'étais peut-être sauvé! Peut-être que s'ils m'eussent laissé faire, soit dégoût ou légèreté, je me fusse redressé de moi-même. Cette façon de s'y prendre, toute simple qu'elle est, a corrigé plus d'une fois des fous...

Mais, je veux que la persécution qu'on me faisait fût juste; comment l'entendait-on puisque, tandis qu'à la maison ce n'étaient que châtiments de toute espèce pour rompre l'enchantement, au collège, au contraire, on n'épargnait rien pour en augmenter la force? Les régents nous mettaient en mains les poètes classiques, en chargeaient nos mémoires, en abreuvaient nos esprits, nous en faisaient sentir, et par de là, l'élégance et les grâces, les exaltaient avec enthousiasme, et finissaient par nommer ce langage *le langage des Dieux*. Pour moi, qui les écoutais avidement et de la meilleure foi du monde, je n'en rabattais rien dans ma faible judiciaire. J'observais de plus que ces poètes, sans avoir essuyé ni la fatigue, ni le danger des armes, et moins encore l'embarras des richesses, sans avoir été ni des Cyrus, ni des Crésus, n'avaient pas laissé, dans le calme de leur cabinet, que de se faire une célébrité, sinon plus grande, au moins plus pure, plus personnelle et plus durable peut-être que celle de ces hommes si fameux. Est-il jeune tête, pour peu qu'il y pétille déjà quelque bluette de feu poétique, qui soit assez ferme pour ne se pas tourner vers un point de vue si brillant? Se connaissant si peu, que ne présume-t-on pas de soi? Je

---

(1) Piron fut toujours attaché aux expressions de son enfance; il se plaisait aussi à lire nos vieux auteurs, de là certains mots vieillis et presque inusités en son temps, qui parfois font tache dans ses meilleurs ouvrages. Tel est le verbe *rengréger* qu'on trouve pour la dernière fois chez le poète Mathurin Regnier. Il est certain, toutefois, que *rengréger* est autrement énigmatique qu'*augmenter* et que notre langue a perdu quelque chose de sa force en le laissant tomber, je n'ose dire *choir*, dans l'oubli.

ne serais pas surpris que l'étourneau, sous l'aile en-core de sa mère, apercevant l'aigle au haut des nues, se flattât de l'y suivre au sortir du nid.

Un de mes camarades de classes, jeune homme vif et bien fait, *né* brave, — car il en est, je crois, du brave comme du poète, *nascitur uterque*; — celui-ci donc, l'imagination échauffée à sa façon de la lecture de l'Iliade, de l'Enéide et de nos meilleurs roman-ciers, s'enrôla dès l'âge de quinze ans dans les dra-gons. Je n'en avais que douze ou treize alors, et j'en étais à mon premier enthousiasme, quand ce jeune étourdi partait tout rempli du sien. *Adieu, mon ami*, me dit-il, d'un ton d'Artaban; *j'y perdrai la vie ou je ferai voir jusqu'où peut monter un brave soldat.* — Il croyait déjà tenir, à coup sûr, et son épée et le bâton du maréchal Fabert dans le même fourreau. — *Courage, mon ami*, lui répondis-je à peu près du même air, *et moi, de mon côté, j'y perdrai mon latin ou j'aurai moissonné d'aussi beaux lauriers que les tiens. Reviens un Achille et soit sûr de retrouver en moi, à ton retour, un Homère qui te chantera comme tu l'auras mérité.* Tels furent nos adieux héroïques. Nous nous séparâmes, et depuis nous avons tous les deux atteint notre but à peu près l'un comme l'autre. Le pauvre garçon, avec quarante-cinq ans de plus et un bras de moins, est mort soldat aux Invalides.

Revenant à mon propos, je crois donc pouvoir dire que les enfants ne sont pas si peu des hommes qu'ils ne soient déjà presque aussi vains que père et mère. Or, des vanités, comme de raison, la plus folle doit avoir chez eux le droit de préférence. A l'attrait de celle-ci, qui riait à ma sotte imagination, se joignait l'amour du passetemps; ajoutons-y le glorieux plaisir de la difficulté vaincue, plaisir vraiment puéril et qui, si j'ai bonne mémoire, entre pour quelque chose dans tous les jeux de l'enfance, aussi bien que dans notre ancienne poésie et notre nouvelle musique. Tout cela posé, n'est-ce pas pour un enfant de douze ans une amusette assez propre à lui piquer le goût que celle d'agencer, d'enfiler et de scander des syllabes françaises, ourlant ces lignes de rimes qui, selon

lui, sont le caractère essentiel de notre poésie (1)?
Cependant des mots, petit à petit, naissent les pensées;
des pensées les figures ; des figures les images : l'esprit s'accoutume au mouvement qui, l'échauffant de
plus en plus, le fait enfin parvenir jusqu'à formuler
des plans tels quels. Qu'on y réfléchisse un peu, ne
serait ce pas quelquefois cette marche qui, parmi nous,
aurait fait insensiblement du petit rimeur un versificateur de profession, comme une version, couronnée
en *troisième*, aura fait par hasard d'un écolier un
traducteur? — Le premier ressort qui fait mouvoir
tous ceux du cœur et de l'esprit humain est toujours
quelque chose de bien caché (2). En combien d'erreurs
l'envie de découvrir ce premier mobile n'a-t-elle pas
induit le jugement des spéculateurs? L'essaim d'a-
beilles qui, par hasard, se posa sur le berceau de
Platon et sur celui de Saint-Ambroise, ne passa que
pour un présage de leur éloquence (future); qui sait
s'il n'en fut pas la cause? — Quoi qu'il en soit, laissant là de si hautes destinées et sans sortir davantage
de mon sujet ni de mon humble sphère, tels furent
les derniers jeux de mon enfance. Aux boules (3) de
savon, aux châteaux de cartes, succédèrent immédia-
tement le badinage de la rime et les châteaux en
Espagne.

L'adolescence arrivée, tout cela s'évanouit et s'é-
boula comme ce qui l'avait précédé. Il fallut, malgré
moi, songer au solide et répondre au sage empresse-
ment de mes parents, qui me prescrivirent le choix

---

(1) Le silence que garde Alexis au sujet de son père, rimeur infatigable
en patois bourguignon, est d'autant surprenant qu'il expliquerait sa pente
naturelle à versifier dès son tout jeune âge ; bon chien chasse de race.
Lui-même, à l'imitation de son père, composait des vers en langue bourguignonne et, déjà âgé, écrivait de Paris à son frère, qui avait repris à son
compte l'officine paternelle, de tâcher de lui envoyer quelques-uns des
manuscrits poétiques du vieux rimeur afin de les utiliser. Il résulte encore
de ceci qu'Alexis, lorsqu'on s'opposait à la maison aux doux jeux poétiques
auxquels ils se livrait, pouvait répliquer : « Commencez par appliquer à
vous-même vos prohibitions ». Et, très probablement, comme il n'était
point sot et qu'il avait la riposte un peu vive, il ne dut pas négliger cet
argument.

(2) Nous voilà loin de la fameuse théorie de l'ascendant de la planète.

(3) On ne dit plus *boule* depuis longtemps, mais *bulle*.

d'un état proportionné à la médiocrité de leur fortune.
Ils auraient bien voulu, laissant agir la simple vocation, attendre en moi quelque talent décidé qui me
déterminât par moi-même; mais le témoignage de mes
régents les avait habitués à ne m'en supposer aucun.
De ce que j'étais de ces jeunes égrillards qui ne sont
pas toujours uniquement occupés de leurs tristes de-
voirs, ces maîtres m'avaient déclaré atteint et con-
vaincu d'une incapacité totale et perpétuelle(1). Voilà
de leurs oracles rigoureux quand il ne s'agit pas de
l'horoscope d'un faiseur de thèmes sans faute, ou
d'un écolier appartenant à gens d'une certaine importance, soit par la naissance, par les emplois ou par
les richesses; car, alors, ils n'adoucissent que trop
les termes. Et quelles en sont les suites? J'ai assez
vécu pour en avoir été longtemps le témoin. La plupart de ces héros des classes ont été, durant leur vie,
le rebut de la société.

Je pensais, dès lors, assez sensément et assez haut
de l'état ecclésiastique pour m'être bien persuadé
moi-même et pour avoir également persuadé les autres, que ce ne pouvait, ni ne devait jamais être le
mien. Cela chagrina beaucoup. Les familles, tant
pauvres que riches, n'aiment rien tant que de voir les
enfants s'embarquer dans un genre de vie qui débar-
rasse d'eux à peu de frais, et qui ne laisse pas d'attirer souvent de la considération et, presque toujours,
de mettre à l'aise. Mais, mes parents n'étaient pas
gens à me blâmer, ni même à jamais oser insister
le moins du monde là-dessus. C'étaient de ces bons
Gaulois qui, s'il en existe encore, sont le jouet du
siècle poli ; on m'entend, je crois ; c'étaient de ces
bonnes âmes devenues aussi rares que ridicules,
cent fois plus occupées de leur salut et de celui des
leurs que de tout ce qui s'appelle ici-bas gloire et fortune. Le ciel les en a bénis dans la personne d'un
frère que je viens de perdre chez les PP. de l'Oratoire

------

(1) Est-ce à dire qu'Alexis n'était pas un élève brillant? On regrette
que la phrase ne soit pas plus précise. Peut-être que l'incapacité en question porte sur le caractère ou l'esprit *égrillard*.

et qui, pour ses longs travaux comme pour sa piété, meurt honoré des regrets de son illustre congrégation (1).

Ce saint état donc mis à part, et s'agissant de fixer un peu les irrésolutions du jeune écervelé, on me mit vis-à vis de *Justinien*, de *Barême* et d'*Hippocrate*, et l'on me dit de choisir. Je le demande à qui m'a pu connaître : étais-je mieux appelé à un de ces trois états qu'au premier? Riant. ouvert, ingénu. sensible et compatissant jusqu'à la faiblesse. élevé dans les principes et sous les exemples de la simplicité la plus franche et la plus naïve, qui pis est, par conséquent. nulle ardeur du gain, pas la moindre étincelle ni d'ambition ni de bonne opinion, étaient-ce là des dispositions pour des états dans lesquels on entre et l'on ne réussit plus guère qu'autant qu'avec des qualités toutes contraires à celles-ci. on a la gloire et la fortune en vue? Etait-ce être fait surtout pour la finance (2) dont on m'insinua l'option, j'entends pour la finance telle qu'alors (en 1710) on la pratiquait? Car maintenant, ce qu'avec admiration j'apprends au fond de ma retraite, tout est changé de mal en bien! et tout va de bien en mieux! Le manteau de la saine philosophie s'est étendu, dit-on, sur toutes les conditions au point que, dans celle-ci même, l'urbanité, la rectitude et le désintéressement règnent autant qu'en toute autre, de sorte que nous voilà, grâce au ciel, arrivés à l'âge inespéré où l'on ne peut plus s'écrier qu'en bonne part : *ô tempora! o mores!*...

La médecine et la jurisprudence me durent infiniment plus tenter. Tout frivole que j'étais. je regardais déjà ces arts du même œil que je les vois encore aujourd'hui. Eh! quoi de plus digne de l'homme, en effet, que la science de la nature et des lois? Quoi de plus noble que des emplois dont l'objet est de veiller

---

(1) Nous ignorons quels travaux a faits ce frère qui dut mourir dans le couvent des Oratoriens de Beaune. Ce frère qui porte sur les registres le nom d'Antoine, mais qu'Alexis appelle *Aimé Piron*, comme son père, décéda en 1755; Alexis hérita de lui la somme de 500 francs.

(2) Il fut deux ans attaché à un financier (1712 à 1714) et ce financier était métromane. Ce sera là l'original du *Francaleu* de la Métromanie.

à la conservation des biens, de l'honneur ou de la vie des citoyens? Né loin des grandeurs et de l'opulence. un homme obscur se peut-il mieux tirer du pair que par l'une ou l'autre de ces deux professions, qui le font également rechercher du peuple, des grands et du prince? Est-il, en un mot, deux plus belles portes ouvertes à des gens de cœur pour sortir du second néant dans lequel, en les tirant du premier, il a plu, pour ainsi dire, à la Providence de les faire entrer sous la malheureuse enveloppe et le fâcheux titre d'hommes de néant (1)?

Mais, moi, médecin? Moi qui, par dessus tous les faibles que je viens d'annoncer, eus toujours celui d'aimer à savoir à peu près ce que je dis et, sans comparaison, plus encore ce que je fais, quand surtout il y va, comme il y eût été ici, du plus précieux intérêt de mon prochain! Moi, dis-je, oser prendre possession d'un bénéfice à charge de corps (2)! Oser exercer un art où le plus grand savoir souvent ne guérit de rien et dans lequel une bévue, une impéritie, n'expose pas à moins qu'à commettre un homicide! Prenons que, malheureusement, l'habitude et le mauvais exemple m'eussent assez aguerri pour que bientôt je ne me fusse pas beaucoup soucié d'une faute involontaire dont on ne croit pas avoir un certain compte à rendre à Dieu, aux hommes ni à soi-même, serait-ce donc tout? La roue d'Ixion, le rocher de Sysiphe, sont-ils pires que ce que je considère au delà? Eh quoi, avoir à soutenir de sang froid, à combattre, à dissiper sans cesse les tristes visions d'un hypocondre? Avoir à calmer les impatiences du vrai malade ou les justes alarmes de l'homme en danger! Avoir à répondre aux questions sans nombre d'une famille sensible ou dénaturée qui les environne! Avoir enfin, vingt fois par jour, à laisser de porte en porte et d'un ton décisif,

---

(1) On sait qu'avant 1789 les nobles seuls étaient *nés*; les autres hommes étaient des choses de rien, des êtres de néant. Déjà Alexis avait vigoureusement protesté contre les *trois ordres* dans son *Arlequin-Deucalion*. Il parlait en révolutionnaire sans s'en douter.

(2) Cette expression fait pendant à *avoir charge d'âme*, mais elle a dû être rarement employée.

en s'en allant, l'espérance ou le désespoir, au hasard
d'essuyer à son retour les plus sanglants démentis!
Quels dons, quels talents, quel courage ne faut-il pas
pour faire d'un si fâcheux rôle son rôle unique et
perpétuel!... Je reculai d'épouvante! et, franchement,
ni la fortune solide, ni le puissant crédit de nos mé-
decins, ni leur belle sécurité au milieu de tant d'é-
cueils et de dégoûts ne m'ont pu faire, un moment,
repentir d'en avoir eu peur et de les avoir évités.

Restait à prendre le parti du barreau; je le pris donc
et ne le pris pas encore sans bien trembler. Cet état,
du côté de l'incapacité, n'expose pas une âme déli-
cate à moins de scrupules que le précédent; car, enfin,
l'avocat, outre la défense des biens de ses concitoyens,
a quelquefois encore en main celle de leur vie et souvent, qui plus est, celle de leur honneur. Une chose
me rassurait, c'est qu'ici, du moins. outre les principes d'équité naturelle dont tout le monde a sa por-
tion, l'esprit humain a, pour second point d'appui,
l'étude opiniâtre des lois et des coutumes, océan vaste
à la vérité, mer qui, comme les autres, a ses bras, ses
détroits, ses courants, ses golfes et ses baies, mais
dont l'étendue immense, après tout. n'est pas à com-
parer à l'abîme impénétrable des règles et des caprices
de la Nature qui, tous les jours, au chevet du lit
des malades, se joue de la doctrine la plus serrée et
de la plus longue expérience.

Ce qu'il devait y avoir, à mon gré, de plus rebutant
pour un candidat du barreau, c'est que les fruits
d'une si belle et si longue étude ne puissent percer
ni se recueillir qu'à travers les gravois et les halliers
de la chicane (1). Pour moi, j'avais courageusement
franchi toutes ces landes; déjà je possédais assez joliment *Pérèze, Daumat* et le *Praticien français*. J'al-
lais enfin débuter, quand un revers de fortune acca-
blant tout à coup mes pauvres parents (2), renversa

---

(1) C'est ce que, de nos jours, on a appelé *le maquis de la procédure.*

(2) D'où provenait ce revers et en quelle année eut-il lieu? Alexis, à
l'époque dont il parle, pouvait avoir 29 ans; le revers aurait donc eu lieu
en 1716. Mais son père, *Aimé Piron*, ne fut jamais en possession d'une
fortune même médiocre; en voici la preuve. Dans les archives de la ville

mes projets et ruina tant d'espérances vaines peut-être. Devenu, du jour au lendemain, plus à plaindre cent fois que bien des veuves et des orphelins, ce fut à moi à me reposer de leurs intérêts sur d'autres défenseurs, et à ne plus songer qu'à me tirer moi-même d'affaire par toute autre voie, car celle-ci me devenait absolument impraticable, la profession d'avocat étant, ce me semble, trop noble pour être compatible avec le besoin d'un écu... J'y renonçai donc ; en quoi je ne fis pas, à tout prendre, un bien grand sacrifice. Quel regret, au fond, pourrais-je en avoir, puisque de la trempe singulière dont je suis, de même qu'à mon premier malade enterré j'aurais cru devoir abdiquer le doctorat, je sens également que j'eusse mis robe, sac (1) et bonnet bas à la première bonne cause que j'aurais perdue ; et à qui ce malheur n'arrive t-il point ?

Quant aux autres métiers, depuis le plus honorable qui, si l'on veut, est celui des armes, jusqu'au plus abject qu'il plaira d'imaginer, la nature me les avait tous interdits ; j'étais né presque aveugle (*Alexis était myope*). — En pareil cas, un provincial infortuné, pour cacher sa misère, n'a d'asile que Paris. M'y voilà donc, nouveau débarqué, un peu plus qu'adolescent, sans yeux, sans industrie, sans connaissances, et non seulement sans protecteurs, mais même entièrement dénué de tout ce qui contribue à s'en procurer.

Où voudrait-on que je me fusse pourvu de ces rares qualités ? Où les aurais-je acquis, ces airs aisés, souples, avantageux, insinuants, capables seuls d'impatroniser le premier sot, qui les a, partout où bon lui semble de se présenter ? Aurait-ce été dans la poussière d'un collège de province ? dans la solitude

---

de Dijon se trouve ce petit papier : « Aimé Piron, maître apothicaire, expose (*la requête est un autographe*) qu'il a six enfans sans compter une fille qu'il a mariée, à laquelle il a été obligé de rendre le bien de sa mère, et exerçant d'ailleurs une profession qui rend si peu qu'il n'en sauroit subsister. Cependant on l'a imposé à 40 livres ; » — sur lesquelles on lui a fait la remise de 10 livres, le 26 novembre 1695.

(1) Le sac où jadis les avocats mettaient les documents judiciaires utiles à leurs plaidoiries.

obscure des foyers paternels? dans l'austérité d'une
éducation simple, grave et singulière au point d'avoir
voulu me faire passer le chant, la danse, les lectures
profanes, toute sorte de liaisons, en un mot tout ce
qui peut orner le corps et l'esprit pour des mondani-
tés (1) dangereuses qu'il était bon d'ignorer toute la
vie? Quelle école en comparaison des collèges et des
académies de la capitale d'où le jeune homme s'introduit gaîment et de plain-pied aux toilettes des hommes et des femmes, va s'asseoir aux grandes tables,
figurer sur les bancs d'un théâtre et tenir la place
d'un rayon dans ces cercles appelés *bonnes compa-
gnies*, sources de lumières, de protections et de bonnes
fortunes...

Voilà donc, comme je viens de le dire, ma nacelle
au milieu d'une mer inconnue, le jouet des vents, des
flots et des écueils; elle faisait eau de tous côtés; je
me noyais, quand la poésie, bien ou mal à propos,
me revint à la mémoire. Je m'en saisis comme la
seule et dernière planche que je voyais flotter autour
de moi dans mon naufrage. Je sais trop quelle épi-
thète on va donner à cette planche, mais que veut-on?
Par inclination peut-être autant que par extrémité,
j'embrassai l'unique espèce de profession dont le début et l'exercice n'exigent outils, lettres de maîtrise,
avances, degrés, naissance, crédit ni protection. L'on
s'établit comme on peut.

Si j'ose parler de moi si longtemps, contrairement
à la loi du sage, c'est en vue de me justifier humble-
ment devant la société, dont bientôt je me sépare en
un âge avancé, sans avoir eu le bonheur de lui pouvoir être utile ni nécessaire, n'ayant labouré, bâti,
calculé, médicamenté, plaidé, jugé, prêché ni com-
battu (1), n'ayant fait pour elle, en un mot, que des
vers!...

.. Du reste, si mon esprit, dans sa maturité, se
rapprocha des folies de mon premier âge, on ne doit

---

(1) Voici un mot qu'on a remis à la mode.
(2) Même pensée dans son « *épitaife* », que nous citerons plus loin.

pas douter, après ce que je viens de dire, que ce ne
fût bien tristement et dans des idées fort éloignées
de celles qui, dans ce premier âge, m'avaient en-
chanté. Quelle différence, en effet, contre ce qui ne
fut qu'un amusement, et ce qui devint une dernière
ressource ! N'envisageant, pour lors, la poésie que
par son vrai côté, j'espérai peu et présumai encore
moins. Quelle carrière à courir, en effet, sur les pas
de tant de grands hommes qui, par leurs ouvrages
inimitables, semblent l'avoir fermée plutôt qu'ouverte à ceux qui les y veulent suivre ! Mais disons
tout aussi ; plus d'une pensée consolante me soute-
nait dans ce coup de désespoir : le goût pour la retraite, les douceurs de l'indépendance. l'innocence
d'un métier dont l'exercice ne pouvait, ni ne devait
faire ombrage, envie, ni tort à personne. . Chez les
poètes, en effet, il ne s'agit que de fables amu-
santes..... Mais des perspectives, la plus belle au gré
« *du souriceau tout jeune et qui n'avait rien vu*, »
c'était l'idée touchante que je m'étais formée de nos
auteurs contemporains, gens que je me figurais
« *doux, bénins, modestes,* (1) » prêts à m'aider dans
mes tentatives, à me relever dans mes chûtes, à me
prôner dans mes succès...Il y eut bien dans tout cela
quelque petite erreur de calcul. Les riches et les grands
ont un peu plus fait pour moi que ces messieurs, la
reconnaissance me force à l'avouer, etc.

Voilà Piron devenu métromane par nécessité au lieu de l'être
pour son agrément, selon qu'il pratiquait la chose à Dijon ; et,
ne l'oublions pas, c'est à Dijon qu'il avait composé son *ode à
Priape,* dont le scandale durable fut, croyons-nous, l'une des
causes de son émigration à Paris. et non point tant le revers
de fortune éprouvé par ses parents. Pendant plusieurs pages
il entretient le lecteur de ses ennuis, surtout de celui que lui
causa la fameuse ode. Mais qui donc la fit connaître à Paris ?
Ne serait-ce pas lui ? Car, tantôt il était très fier de l'avoir
composée ; tantôt il niait en être l'auteur, et cela selon l'occur-
rence. Lorsqu'il nous dit :

---

(1) Voyez La Fontaine, *Fables.*

« Voici celui qui ne fut rien,
Pas même académicien
Pour avoir fait l'ode à Priape ; »

il donne une petite entorse à la vérité. Les académiciens, Fontenelle en tête, l'avaient admis, et admis précisément à cause de l'ode, la seule véritable ode du siècle, disait-on, car elle était pleine de feu, - *d'un feu mal employé*, avouait, vers le tard, notre Alexis. Mais, enfin, Fontenelle avait dit : « S'il a fait l'ode, recevons-le ! mais si elle n'est pas de lui qu'il ne soit pas élu ; il ne le mérite pas » On le reçut après s'être assuré qu'il en était réellement l'auteur. Mais l'académie malgré son titre de *française*, était avant tout *royale* ; nul ne pouvait être définitivement installé dans l'un des 40 fauteuils qu'avec l'assentiment du roi. Or, un certain littérateur et évêque, du nom de Boyer, finit par se procurer une copie de l'ode et, par jalousie, alla la lire à Louis XV, qui se trouva ainsi forcé de refuser son agrément, en sorte que Piron fut finalement exclus. Donc il avait d'abord été nommé à cause de son ode, puis refusé précisément pour l'avoir perpétrée. Nous n'irons pas plus avant dans la *préface* dont nous venons de donner la partie essentielle, le reste regardant spécialement la pièce qu'il nous tarde de faire connaître au lecteur, après avoir dit quelques mots des personnages de ce chef-d'œuvre et de la valeur du manuscrit de Dijon. C'est par ce manuscrit que nous allons commencer, car il est de première importance.

LE MANUSCRIT DE DIJON

L'intérêt qui s'attache à la présente publication, repose principalement sur la confrontation du manuscrit de Dijon avec les diverses éditions de la *Métromanie*. De son vivant, Piron en donna deux ; l'une, en 1738 ; l'autre, en 1758. La première a pour suscription :

« *La Métromanie ou le Poëte, comédie en vers et en cinq actes par M. Piron ; — représentée pour la première fois sur le théâtre françois, le 10 janvier 1738.* — Le prix est de treize sols — A Paris. chez Le Breton. quai des Augustins, etc., 1738, avec approbation et privilége du roi ».

La seconde édition de la Métromanie (librairie Duchesne) se trouve dans le 3e et dernier volume des œuvres que Piron crut dignes de présenter à la postérité (1). La suscription est :

« *La Métromanie,* comédie représentée pour la première fois par les comédiens François. le 10 janvier 1738 ».

Suivent des « *Stances dédicatoires à M. L. C. D M.* ; » puis la belle *Préface,* où le poëte dijonnais raconte sa vie, ainsi qu'on vient de le voir.

A peine Piron était-il dans la tombe, à 84 ans, que la même librairie Duchesne faisait paraître une plaquette in-8° de 72 pages, ayant pour titre :

« *La Métromanie* ou *le Poëte,* comédie en cinq actes et en vers *par M. Piron.* — Nouvelle édition, à Paris, chez N.-B. Duchesne, libraire, rue St Jacques, etc., au temple du goût, 1774 ». Dès le début on y trouve un vers estropié :

« *Lisette.*

« C'est ici.

Mondor.

Ne joue-t-on pas chez vous la comédie ? »

La pièce, au reste, est difficile à lire ; les caractères en sont minuscules et trop pressés.

---

(1) Cette édition a pour titre : « *Œuvres d'Alexis Piron,* — avec figures en taille douce d'après les dessins de M. Cochin. A Paris, chez *N.-B. Duchesne,* libraire. etc., au temple du goût, 1758, avec approbation, etc. ». L'exemplaire que je possède a appartenu à « *Mlles Augier* ».

C'est en 1778 que parut la grande édition des œuvres de Piron par *Rigoley de Juvigny*, où se trouve reproduite, pour la Métromanie, l'édition de 1758, mais avec une orthographe rajeunie.

Le dijonnais *Petilot*, dans son édition de 18l7, semble avoir reproduit la plaquette de Duchesne, car on y retrouve à peu près la même distribution des « *acteurs* » — (*acteurs* au lieu de *personnages*) — de la pièce en question.

Dans les *Œuvres choisies de Piron* (Paris, Garnier frères, 1866), par M. Jules *Troubat*, on trouve aussi la *Métromanie*, avec texte d'après l'édition de Rigoley de Juvigny. La partie la plus remarquable de ce volume (580 pages), c'est l'analyse que M. Jules Troubat a faite des pièces du théâtre de la foire du poète bourguignon, pièces beaucoup trop dédaignées, même par leur auteur, chose qui n'est pas ordinaire.

Enfin a paru en 1877, à la Librairie des bibliophiles, l'édition de *M. F. de Marescot*, reproduction exacte de celle de 1758, avec l'orthographe usuelle de Piron, qui n'était déjà plus tout à fait, à cette époque, celle qu'il employait quand il écrivait le manuscrit que possède la bibliothèque de Dijon.

Ce manuscrit doit être antérieur à toutes les éditions, et, par conséquent, remonter au-delà de 1738, en sorte qu'avec son aide on peut se rendre compte des remaniements que Piron a fait subir à sa pièce. Voyons tout d'abord la quantité de vers par actes :

Le Manuscrit	*Edition Petilot*
1er acte : — 372 vers.	1er acte : — 446 vers.
2e acte : — 406 —	2e acte : — 482 —
3e acte : — 458 —	3e acte : — 470 —
4e acte : — 424 —	4e acte : — 490 —
5e acte : — 412 —	5e acte : — 414 —
Total : 2.072 vers.	Total : 2.280 vers.

Différence : 208 vers en moins dans le manuscrit.

Ceci constaté, abordons maintenant le problème des remaniments dont il a été souvent question, dans la secrète pensée d'amoindrir autant que possible ce fleuron magnifique qu'est la Métromanie parmi les fleurs de la couronne théâtrale de Piron. On a parlé de deux collaboratrices : Mlles *Gauthier* et *Quinault*. Ce fut le marquis Dugast de Bois-Saint-Just qui imagina.

qu'une ancienne actrice de la Comédie française du nom de Gauthier avait, tout d'abord, donné des conseils à Piron et puis aidé à parfaire ce chef-d'œuvre. Par malheur pour Dugast, cette demoiselle n'était plus à Paris dès 1723 ayant quitté le théâtre pour se retirer chez les dames carmélites de Lyon (1). Nulle part Piron ne cite le nom de cette ancienne actrice. Pour Mlle Quinault, il en va tout autrement; une liaison s'établit entre cette spirituelle soubrette, qui créa le rôle de *Lisette*, dans la Métromanie, et l'auteur de la pièce; cette liaison semble avoir eu quelque durée et M. Honoré Bonhomme a publié des lettres de l'une et de l'autre qui témoignent de leur amitié.

« Mlle Quinault, dit M. de Marescot, a positivement joué le rôle d'une précieuse collaboratrice », en ce qui touche à la Métromanie.

Ailleurs le même auteur dit :

« Le temps qui sépare, de la reprise de 1748, la représentation de la *Métromanie*, donnée (pour la 1ʳᵉ fois) en 1738, fut employé, en partie du moins, par Piron au profit de sa comédie. Pendant ces dix années *il ne cessa de remanier les scènes qui lui paraissaient inférieures ou qui avaient justement donné prise à la critique ;* retouchant les vers défectueux, apportant, en un mot, à sa pièce, toutes les améliorations qui devaient, peu à peu, la conduire à un degré de perfection complet dans le dernier volume de l'édition des œuvres de l'auteur publiée en 1758. »

Ici, il n'est plus question de collaboratrice ; Piron seul aurait eu assez de goût, quoiqu'on en ait dit, pour remanier et retoucher son œuvre, au point que « *l'édition princeps*, — celle de 1738, — *diffère d'une façon très sensible du texte de 1758*, » à ce qu'affirme le même M. de Marescot. Le manuscrit de Dijon va donner un démenti à cette affirmation. C'est, dans le

---

(1) Dans le 5ᵉ volume de la bibliothèque de Soleinne on lit : — « M. S. — Abrégé de la vie de Mlle Gauthier (actrice), escrit de sa main à une de ses amies, religieuse carmélite à Lyon où elle est morte professe, âgée de 66 ans et 32 ans de religion, le 9 avril, jour du samedi saint 1757 : 1° *Sa fuite du monde* ; 2° *Sa conversion* ; 3° *Sa vocation religieuse.* Copié fidèlement sur son manuscrit à Lyon, 1760, in-4° cartonné. — Ces mémoires, écrits avec naïveté, sont curieux et méritent d'être publiés. »

1er acte, à partir de la scène 3e, qu'il y a eu remanîment et modification profonde, mais cela antérieurement à 1738, puisque l'édition *princeps* de cette année est identique en cet endroit à l'édition de 1758. Voici à quoi se réduit la scène 3e dans le manuscrit :

« *Dorante, Damis.*

(Damis arrive en rêvant profondément, et, tout en arrivant, se trouvant devant du monde, il retourne brusquement sur ses pas en frappant du pied et disant :)

« *Damis.*

Oh ! pour le coup !

« *Dorante.*

« Damis ! Damis ! écoutés-moy !

« *Damis,* revenant.

Je suis furieux ! C'est une chose cruelle !
On me heurte ; on me suit ! On m'accoste ! On m'apelle !
A la fin je me crois en des lieux bien déserts,
J'y cherche un mot ; je l'ay ! Je vous voy : je le perds,
Et je ne finis rien !

« *Dorante.*

Il s'agit d'autre chose.
Mon amour se restraint désormais à la prose
Et vous quitte d'un soin qui n'est plus de saison ;
Non que je ne ressente, ainsy que de raison,
La bonté que ce jour encor vous avés euë ;
J'ay regrèt à la peine.

« *Damis.*

Elle n'est pas perduë ;
Mes vers, sans aller loin, sauront où se placer
Et l'on a, pour son compte, à qui les adresser. »

Voilà la pauvre petite scène qu'avait imaginée Piron avant 1738 ; mais, si l'on se reporte à celle qu'on trouve dans tous les imprimés, il sera difficile d'y voir l'action d'une femme, fût-elle plus spirituelle encore que Mlle Quinault, car ce ne sont que des idées spéciales à un poète tel que paraît

Alexis qui se plaisait à composer dans tous les genres, églogues, élégies, épîtres, etc. ; le métromane est là parfaitement caractérisé. Ce n'est pas une actrice qui eût songé à cela (1).

De même pour la scène 6ᵉ : « *De l'Empirée! Ouida ! vous voilà grand terrien!* » Il en est ainsi du reste.

Pour « les retouches de vers défectueux, » elles ne sont ni nombreuses, ni de grande importance, et quelques-unes se trouvent déjà faites sur le manuscrit primitif. Signalons celles qui existent dans la 1ʳᵉ scène du 1ᵉʳ acte Au 2ᵉ vers : « *l'abandonner* » au lieu de « *en décamper* ; » au 15ᵉ vers : « *c'est cela,* » dans le manuscrit ; « *tout cela,* » dans les textes imprimés. Au vers suivant à : « *Fête et chère splendide,* » les imprimés donnent : « *Un beau feu d'artifice.* » Quelques vers plus loin Piron a substitué à « *facile à dire,* » — « *facile à peindre ;* » — « *Du reste ;* » imprimés : « *au surplus ;* » — « *Tous les originaux,* » imprimés : « *Plusieurs originaux ;* » etc. Ces retouches, en général heureuses, au demeurant sont peu de chose, en sorte que nous nous croyons en droit de conclure que l'influence de Mˡˡᵉ Quinault a dû se borner à encourager Piron, et cela avant 1738, en le poussant à relire sa pièce et à faire tous ses efforts pour la porter au point où nous la voyons, si, de lui-même, Piron qui était le poète même de sa *Métromanie*, n'eût pas été porté à se regarder dans ce miroir et à y développer et retoucher ses traits. Telle est, croyons-nous, la véritable explication de la perfection de cette comédie qui serait à peu près ce qu'elle est, alors même que Piron n'aurait pas connu Mˡˡᵉ Quinault.

---

(1) Piron dut être conduit, par lui-même, à développer ce premier acte qui ne consistait qu'en 372 vers. Il n'avait besoin de personne pour s'apercevoir du manque d'étendue du début de sa pièce. Et puis, remarque essentielle, tous les beaux vers de *la Métromanie* se trouvent dans le manuscrit, pas un n'a été composé après coup.

LE NOM DES PERSONNAGES

Vers 1732 ou, au plus tard. 1733, la *Métromanie* était achevée et, cette année-là même, Piron s'engageait à mettre sur la scène une nouvelle tragédie, *Gustave Wasa*; or, il y a une connexité évidente entre ces deux pièces. Son *Callisthène*, en 1729, avait échoué parce qu'il était trop simple, trop uniforme, trop plein d'idées à la spartiate, et l'auteur s'était dit qu'on ne l'y prendrait plus; de là cette variété d'incidents qu'il introduisit dans sa *Métromanie* et dans son *Gustave*, sans augmenter toutefois le nombre des personnages qui ne dépasse pas huit dans la tragédie et atteint juste à sept dans la Métromanie; cette diversité porta bonheur aux deux pièces, qui réussirent également.

On a loué Piron, non sans raison, d'avoir imaginé deux noms pris, en quelque sorte, dans le vif de la réalité, savoir *Francaleu* et *Baliveau*, d'où l'on a conclu à une piquante nouveauté puisque, grâce à ces noms sentant le populaire, on sort de la convention théâtrale. Cependant observons que, malgré la crasse nominale qui les couvre, Francaleu et son ami Baliveau ne laissent point de se croire un tantinet nobles. En effet, ne lit-on pas un vers où figure : « Monsieur *de* Francaleu » ? et Baliveau ne dit-il pas : « Et *ma* noblesse » ! charmantes prétentions, jurant avec leurs noms roturiers, et c'est là du meilleur comique !

Avec Francaleu et Baliveau nous sommes donc dans la réalité, tout à fait hors des Gorgibus, des Sgnarelle, des Ariste et autres personnages de théâtre d'un classique suranné et sentant le vieux répertoire; nous respirons avec des gens qui nous apparaissent vivants, que nous coudoyons de temps à autre, dont les figures sont pour nous des figures vraies; mais, ne rentrons-nous pas quelque peu dans le convenu et l'artificiel, surtout avec *Damis* et son valet *Mondor* ? Ceci demande quelques explications.

Pour *Mondor* — il eût mieux valu, ce semble, l'orthographier *Montdor ;* — n'est-ce pas, en effet, une appellation ironique, lui, serviteur d'un maître aussi plein de chimères qu'il est dénué de fortune? Ce nom est donc tiré, lui aussi, de la réalité.

Quant à *Damis,* qu'est-ce autre chose qu'un nom masquant adroitement et poétiquement celui d'*Alexis,* porté par Piron, qui semble, dès sa naissance, avoir été destiné à la pastorale : « *Pastor Corydon ardebat Alexin* »...

En remontant à sa première pièce classique, nous voyons qu'il donna au théâtre Français, *Les Fils ingrats,* où l'on trouve déjà ce nom imposé à l'un des trois fils de *Géronte,* qui sont *Valère, Eraste* et *Damis.* Si l'on songe que Piron le père eut, de sa seconde femme, trois garçons, *Antoine, Jean* et *Alexis,* on comprendra comment tout naturellement le nombre *trois* est venu s'offrir à la pensée de notre poète, et dès lors les vers mis dans la bouche de Géronte, touchant ses enfants, prennent un sens très précis :

> « Voilà comme à son âge, autrefois, j'étais fait
> *Gai, vif, impétueux,* c'est là tout mon portrait ;
> Damis est plus posé, c'est la mère en personne ».

On n'a qu'à se reporter à certaine lettre d'Alexis et l'on verra qu'ici Damis représente son frère *Jean,* celui qui succéda en sa pharmacie à Aimé, leur père, tandis que les épithètes de *gai, vif, impétueux,* conviennent admirablement à notre poète (1). C'est ainsi qu'Alexis a toujours songé à la réalité (et pour lui c'était surtout sa famille et Dijon), dans toutes ses compositions théâtrales même en celles de ses débuts à Paris. En effet, si nous ouvrons la petite pièce intitulée *Le Caprice ,* jouée en 1724, nous y voyons un père fort peiné d'avoir un fils (c'est lui, Alexis), qui ne veut accepter aucune des positions sociales, malgré toutes les remontrances qu'on lui fait. Citons :

---

(1) Le frère aîné d'Alexis se fit religieux, ainsi que nous l'avons vu dans la *Préface* de la *Métromanie,* et le vers qui s'applique à lui : « *Il avait l'âme moutonne* », le peint assez bien. Un jour, Piron lâcha même un propos assez discourtois à son adresse : « *Il n'est qu'une bête,* dit-il, *quoique prêtre de l'Oratoire* ». Songeons encore aux trois enfants, fils de Momus, dans *les Enfants de la joie,* et à leur caractère imposé par *Atè* — mettons *la Nature* — et nous retrouverons au fond de cette scène une réminiscence de celle qui eut lieu chez Aimé Piron, le père, prédisant ce que seraient ses rejetons, après les avoir enivrés. Enfin, dans la *Métromanie* même (à la fin du 1er acte), nous voyons Damis décréter qu'il aura *trois enfants,* auxquels il fait des legs chimériques, à la façon de ceux qu'on distribuait aux enfants de la *Mère-Folle* de Dijon : au premier il adjuge *le comique,* au second *le tragique* et le *lyrique* au dernier.

« *Le père :* — Ne t'ôteras-tu pas ces maudites visions (poétiques) de la tête? Regarde, malheureux, ton frère le médecin et ton cousin l'avocat. Voilà des gens utiles à l'Etat ».

Mais le poète répond par une critique que Piron reproduira encore, en prose, à l'âge de 70 ans :

« Vous aurez bientôt des preuves
Qu'ils ne lui servent à rien.
Hélas! déjà je plains bien
Les orphelins et les veuves !
Le médecin les fera,
L'avocat les pillera !
Et moi, mon père, au contraire,
Loin de nuire, je vais faire
Le bien de cent peuples divers » !...

Et le poète, se posant en auteur dramatique, énumère toutes les personnes que son art va faire vivre : — machinistes, musiciens, comédiens, afficheurs, gens faisant des gazettes, etc.

‹ *Le père* (ironiquement) : — Et les vendeurs de sifflets aussi. Hélas ! je l'avais mis chez un financier de mes amis; qui m'avait promis de l'avancer ! J'espérais mourir le dernier roturier de ma race.

« *Le poète :* — Oh! j'aime mieux être honnête homme que de m'anoblir ».

Son père le déshérite, le chasse et le maudit. Qu'il aille mourir à l'hôpital ou aux petites maisons! Le fils, enragé métromane, n'est pas déconcerté pour si peu. Il chante :

‹ Bon, bon, pourvu que je rime,
Qu'importe à quel prix › !

On a dit que c'était par jalousie de métier (poétique) que le père d'Alexis l'avait poussé à quitter Dijon. C'est une grave erreur; jamais l'excellent apothicaire ne se montra jaloux de qui que ce soit. Il n'était pas riche et ne pouvait entretenir un fils qui refusait d'embrasser une carrière à l'âge de 28 ans et plus; il fallait en finir. Au reste, le père ne composait qu'en patois bourguignon, où il n'avait de rival que Bernard de La Monnoye auquel il a rendu un témoignage public de supériorité. Si quelque auteur connut la jalousie, ce ne fut point, assurément, Aimé Piron, qui ne signait même pas les petits poèmes et les noëls qu'il publia pendant cinquante ans

LA MÉTROMANIE

ACTEURS

Damis, poète.

M. *Baliveau,* oncle de Damis.

M. *Francaleu,* père de Lucile.

Lucile.

Dorante, amant de Lucile.

Lisette, suivante de Lucile.

Mondor, valet de Damis.

La scène est chez M. de Francaleu, dans les jardins d'une maison de plaisance aux portes de Paris.

LA MÉTROMANIE
ou le poète (1)

ACTE PRÉMIER

SCÈNE PRÉMIÈRE (2)

MONDOR, LISETTE.

MONDOR.

Cette maison des champs me paroît un bon gîte ;
Je voudrois bien ne pas l'abandonner (3) si vîte,
Sur tout *m*'y (4) retrouvant avec tes yeux fripons,
Auprès de qui, pour moy, tous les gîtes sont bons.
Mais de mon maître, icy, n'ayant point de nouvelles.
Il faut que je revole à Paris.

LISETTE.

Tu l'apelles ?

MONDOR.

Damis. Le connois-tu ?

---

(1) Il est bien entendu que le texte que nous suivons, même quant à l'orthographe, est celui du *manuscrit de Dijon*. Au bas de ce texte nous donnons en remarques toutes les variantes d'après les éditions imprimées, sans omettre les additions, en sorte qu'on a sous les yeux la pièce manuscrite avant 1738 et la pièce imprimée postérieurement. — Le mot *métro manie* est écrit, dans le manuscrit, *métro-manie*.

(2) Nous respectons, ainsi que nous l'avons dit, l'orthographe du manuscrit. Ici, on peut se demander si Piron prononçait *prémier*, *prémière*; de même pour *rélativement*, etc.

(3) Les textes imprimés donnent : « en *décamper* ».

(4) Toutes les éditions donnent « *m'y* » au lieu de « *t'y* », ce qui, à nos yeux, est une faute manifeste pour plusieurs raisons : 1° parce que Mondor est l'ami de Lisette et que, par sentiment, il doit se féliciter de l'avoir retrouvée; 2° parce qu'il ne peut dire qu'il *se* retrouve avec les yeux d'autrui : « *Je me retrouve avec tes yeux* »; 3° et parce que c'est impossible qu'il *se retrouve* en un lieu où il n'est jamais venu, comme il le dit à quatre vers de là. Lisons donc désormais :

Surtout t'y retrouvant avec tes yeux fripons.

LISETTE.

Non.

MONDOR.

Adieu donc.

LISETTE.

Adieu.

MONDOR.

On m'a pourtant bien dit : chés monsieur Francaleu.

LISETTE.

C'est là (1).

MONDOR.

Ne jouë-t-on pas (2) chés vous la comédie ?

LISETTE.

Témoin ce rôle encor qu'il faut que j'étudie.

MONDOR.

Le patron n'a-t-il pas une fille unique ?

LISETTE.

Oui.

MONDOR.

Et qui sort du couvent depuis peu ?

LISETTE.

D'aujourd'hui.

MONDOR.

Vivement recherchée ?

LISETTE.

Et très digne de l'être (3).

MONDOR.

Et vous avés grand monde ?

LISETTE.

A ne pas nous connoître !

---

(1) Textes imprimés : « *C'est ici* ».

(2)   —   « *vous jouez* ».

(3) On pourrait critiquer cette affirmation, si on la rapprochait de l'acte 2, scène 2, où la même Lisette dit que Lucile est une indolente, une âme sans énergie, une indifférente, etc.

MONDOR.

Illuminations, bal, concert?

LISETTE.

C'est cela (1).

MONDOR.

Fête et chère splendide (2)?

LISETTE.

Il est vrai.

MONDOR.

M'y voilà !

Damis doit être icy ; chaque mot me le prouve.
Quand le diable en seroit, il faut que je l'y trouve.

LISETTE.

Sa mine ? ses habits ? son état ? sa façon ?

MONDOR.

Oh ! c'est ce qui n'est pas facile à dire (3) ; non !
Car, selon la pensée où son esprit se plonge,
Sa face, à chaque instant, s'élargit ou s'alonge ;
Il se néglige trop, ou se pare à l'excès.
D'état, il n'en a point, ny n'en aura jamais !
C'est un homme isolé qui vit en volontaire ;
Qui n'est bourgeois, abbé, robin, ni militaire (4) ;

---

(1) Textes imprimés : « *Tout cela* ».

(2)   —   « *Un beau feu d'artifice.* »

(3) Textes imprimés : « *à peindre,* » au lieu de « *à dire.* »

(4) Piron s'est plu à composer son épitaphe en développant cette idée
d'abord en français, puis en langue bourguignonne :

> « Ici gi si pecho que ran,
> Ein drôle qui s'épeloo *Breigne*,
> Natif de Dijon, vé Tailan,
> Qui n'a mazeu ni guai, ni greigne.
> Ai ne fu ni moaître, ni clar,
> Ni côrônel, ni pote-anseigne,
> Ni caipiténe, ni soudar,
> Non, pa moime ai lai Sainte-Ostie ;
> Ai ne màgni fessou, ni fliaa,
> Cri, aiquare, guizo ni cognie,
> Ni ne fu préte, ni corea,
> Juge, procureu, ni borea,
> Pechô ni prou duran sai vie, etc. »

Qui va, vient, veille, suë, et, se tourmentant bien,
Travaille nuit et jour et jamais ne fait rien.
Du reste (1), rassemblant dans sa seule personne
Tous les (2) originaux qu'au théâtre on nous donne :
Misantrope, étourdy, complaisant, glorieux (3),
Distrait.... ce dernier-cy le désigne le mieux ;
Et, tiens, s'il est icy, je gage mes oreilles (4)
Qu'il est dans quelque allée à bâiller aux corneilles,
S'aprochant, pas à pas, d'un fossé (5) qui l'atend
Et qu'il n'apercevra qu'en s'y précipitant.

LISETTE.

Mais, mais je m'oriente ; au portrait que vous faites (6),
N'est-ce pas de ces gens que l'on nomme poëtes ?

MONDOR.

Ouy.

Traduction : « Ici gît si peu que rien, un drôle qui s'appelait *Bénigne*, natif de Dijon près Talant, qui n'est désormais ni gai, ni triste. Il ne fut ni maître, ni clerc, ni colonel, ni porte-enseigne, ni capitaine, ni simple soldat ; non, pas même (*quelque chose de cela à la procession*) de la Ste Hostie ; il ne mania fessou (*ploche de vigneron*), ni fléau, cric, équerre, serpe, cognée, ni (*il*) ne fut prêtre, ni choriau (*enfant de chœur, chantre dans une église*), juge, procureur, ni bourreau, peu ni prou durant sa vie. » Une hostie dite la *Sainte-Hostie*, fut célèbre autrefois à Dijon ; à la procession annuelle de cette hostie assistaient le *mieur*, qui était colonel de la place, puis les capitaines, etc , de chaque paroisse. — Le « *natif de Dijon près Talant,* » ne manque pas d'originalité ; de nos jours About a dit :

« A Paris, près de Pantin,
Je naquis un beau matin. »

Mais, c'est Villon qui, le premier, s'est déclaré : « Natif de Paris, emprez Pontoise. »

(1) Textes imprimés : « *Au surplus.* »

(2)   id.   « *Plusieurs.* »

(3) *Glorieux*, au beau sens primitif du mot ; qui aime la gloire.

(4) Ce langage nous fait voir que Mondor n'oublie pas qu'il est un valet ; on malmenait fort les oreilles de ces pauvres serviteurs ; on allait jusqu'à les leur couper. *Gager ses oreilles* était une de leurs expressions.

(5) Textes imprimés : « *d'un haha.* » Tout obstacle est un *haha*, quand il interrompt brusquement un chemin. « Les éditions modernes et les comédiens, dit Littré, remplacent *haha* par *fossé* en cet endroit. » Ils sont d'accord en cela avec le manuscrit de Dijon.

(6) Textes imprimés :

« Je m'oriente. On a l'homme que tu souhaites. »

LISETTE.

Nous en avons un.

MONDOR.

C'est luy !

LISETTE.

Peut-être bien.

MONDOR.

Quoy donc ?

LISETTE.

Le personage en tout ressemble au tien ;
Sinon que ce n'est pas Damis que l'on le nomme.

MONDOR.

Contente-moy ! n'importe ! et montre-moi cet homme.

LISETTE.

Cherche ! il est à rêver là bas, dans ces bosquèts.
Mais vas-y seul : on vient et je crains les caquèts.

SCÈNE II

DORANTE, LISETTE.

LISETTE.

Dorante icy ! Dorante !

DORANTE.

Ah Lysette ! Ah ma Belle !
Que je t'embrasse ! Hé bien, dis-moy donc la nouvelle?
Félicite-moy donc ! Quel plaisir ! L'heureux jour !
Que ce jour a tardé long-tems à mon amour (1) !
De la chose, avant moy, tu dois être avertie.
Que ne me dis-tu donc que Lucile est sortie (2) ?
Que je vais .. que je puis .. Conçois-tu ?... Baise-moy.

---

(1) Racine, dans *Esther*, a dit :
   « Ah! que ce temps est long à mon impatience ! »

(2) Sous-entendu : *du couvent*. Le vers est donc un peu obscur.

LISETTE.

Mais vous n'êtes pas sage, en vérité.

DORANTE.

Pourquoy ?

LISEITE.

Si monsieur vous trouvoit ? Songés donc où vous êtes !
Y pensés-vous d'oser venir, comme vous faites,
Chez un homme avec qui votre père en procès...

DORANTE.

Bon ! m'a t-il jamois vû, ny de loin, ny de près (1) ?
Je vois le parc ouvert : j'entre.

LISETTE.

Que vous diray-je (2) ?
Eûssiés-vous cent fois plus d'audace et de manège,
Lucile même à nous daignât-elle s'unir,
Je ne vois pas (3) coment vous pourés l'obtenir.

DORANTE.

Oh, je le vois bien, moy ! Mon père m'idôlâtre ;
Il n'a que moy d'enfans ; je suis opiniâtre ;
Je le veux ; qu'il le veüille ! autrement (j'ay des mœurs)
Je ne luy manque point (4) ; mais je fais pis : je meurs !

LISETTE.

Mais le maudit procès (5) qu'il a ..

---

(1) De même dans la tragédie de *Gustave Vasa* ; Gustave veut, au péril
de sa vie, parvenir jusqu'à celle qu'il aime.

Casimir

Et ne craignez-vous pas, seigneur, en vous montrant,
D'un tyran soupçonneux le regard pénétrant ?

Gustave

Non. Lorsque le barbare usa de violence,
Son ordre m'épargna l'horreur de sa présence,
Et rendu, par le temps, méconnoissable aux miens,
Je puis me présenter sans risque aux yeux des siens.

(2) Textes imprimés : « *Vous le dirai-je.* »

(3) Textes imprimés : « *Je ne sais pas.* » Et, au lieu de *pourés*, pourriez.

(4) Sous-entendu : *de respect.* — « J'ai des mœurs, » c'est-à-dire je suis
un jeune homme bien élevé.

(5) Textes imprimés : « *Mais si le grand procès.* »

DORANTE.
Qu'il y renonce !

Le père de Lucile a gagné. Je prononce.

LISETTE.

Mais si votre pére (1) ose en apeller?

DORANTE.

Jamais.

LISETTE.

Mais si...

DORANTE.

Finis, de grâce, et laîsse-là tes mais (2).

LISETTE.

Mais croyés-vous n'avoir à craindre icy qu'un pére (3)?
Le nôtre y voudra-t-il consentir?

DORANTE.

Je l'espére.

LISETTE.

C'est un vieillard têtu (4).

DORANTE.

C'est ce qui te plaira (5).

LISETTE.

Il a choisi son monde (6).

DORANTE.

Il le congédiera (7).

---

(1) *Pére*, avec accent aigu, est la prononciation bourguignonne ; le mot s'écrit *petre* en bourguignon.

(2) A noter *laisse* avec accent sur l'*i* ; il faut s'y faire ; nous sommes, avec le bourguignon, dans la langue des accents circonflexes, comme disait J.-J. Weiss.

(3) Textes imprimés :
    « Croyez-vous donc, Monsieur, vous seul avoir un père ? »

(4) Textes imprimés : « *Moi, je l'espère peu.* »

(5) Textes imprimés : « *Sois en paix là-dessus.* »

(6) Textes imprimés : « *Le vieillard est entier.* »

(7) Textes imprimés : « *Le jeune homme encor plus.* »

LISETTE.

Lucile est un party...

DORANTE,

Je suis bon pour Lucile.

LISETTE.

Elle a cent mile écus.

DORANTE.

J'en auray deux cent mile.

LISETTE.

Mais vous aimera-t-elle ?

DORANTE.

Ah ! laisse-là ta peur !
Quand je t'en vois douter, tu me perces le cœur.

LISETTE.

Je vous l'ay dit cent fois : c'est une nonchalante
Qui s'abandone au cours d'une vie indolente (1) ;
De l'amour d'elle-même éprise uniquement,
Incapable en cela (2) d'aucun attachement ;
Une ame oisive et molle (3), une froide femelle
Qui voudroit qu'on parlât, que l'on pensât pour elle,

---

(1) Ce portrait de l'indolente a son pendant, — ou peu s'en faut, —
dans le *Gustave Wasa* du même auteur :

« Donne à mon indolence, ami, des noms moins beaux :
Je n'eus d'autres vertus que l'amour du repos, etc. »
(Acte I, sc. 4)

Il faut reconnaître que la peinture de la nonchalance, de la mollesse, a
ordinairement porté bonheur aux poètes. Qui n'a retenu ce vers de La
Fontaine :

« Laisse tomber des fleurs et ne les sème pas ! »

Le morceau sur la mollesse, dans le *Lutrin*, a encore des admirateurs,
et aussi ce vers qui nous peint Regnier dont :

« Les nonchalances sont ses plus grands artifices. »

(2) *En cela*, c'est-à-dire *à cause de cela*.

(3) Voilà qui vaut mieux que : « *Une idole du Nord* » qu'on trouve
dans toutes les éditions ; car ce genre d'expression ne convient guère à
une servante, outre qu'on ne sait trop ce que c'est qu'une idole du nord.
Il est fâcheux que Piron, dans un morceau si bien venu, n'ait pas compris
que le terme de *femelle* détonnait ; mais il avait tellement entendu ce
mot dans la maison paternelle qu'il n'en était point choqué ; autrement
il eût pu modifier ainsi son vers, en songeant que « *froide femelle* »
n'était qu'une grossière répétition du premier hémistiche très recherché :

« Une idole du nord, *plaisante demoiselle*
Qui voudrait qu'on parlât, etc. »

Et sans agir, sentir, craindre, ny désirer,
N'avoir que l'embaras d'être et de respirer.
Et vous voulés qu'elle aime? Elle, avoir une intrigue?
Y pensés-vous (1), monsieur? Fy donc! cela fatigue!
Voyés, depuis un mois que le cœur vous en dit,
Si votre amour vous laisse un moment de répit,
Et c'est, ma foy, bien pis chés nous que chés les hommes.

DORANTE.

Enfin, depuis un mois, sçachons où nous en sommes.

LISETTE.

Elle aime éperdument (2) ces vers passionez
Que votre ami compose et que vous nous donnez;
Je guètte le moment (3) d'oser dire à la belle
Que ces vers sont de vous et qu'ils sont faits pour elle.

DORANTE.

Qu'ils sont de moy! mais c'est mentir éfrontément!

LISETTE

Hé bien, je mentiray, mais j'auray l'agrément
De prévenir (4) pour vous l'indiférence même.

DORANTE.

Lucile en est encore à sçavoir que je l'aime!
Que ne profitions-nous de la commodité
De ces vers amoureux dont son goût est flaté?
Un trait pouvoit m'y faire aisément reconnoître
Et, mieux que tu ne crois, m'eût réussy peut-être.

LISETTE.

Hé non, vous dis-je, non! vous auriés tout gâté;
L'indiférence incline à la sévérité.

---

(1) Tous les textes imprimés donnent : « *Y songez-vous ?* »

(2) *Eperdûment* est exagéré après ce qu'on vient d'entendre sur le caractère indifférent de Lucile; mais il faut aussi qu'elle soit atteinte de l'épidémie régnante; elle adore les vers, si elle n'en fait pas.

(3) Textes imprimés : « *Et je guette l'instant* ».

(4) Textes imprimés : « *d'intéresser* ». — On notera *indifférence* écrit avec un seul *f*; *mille* avec un seul *l*; *appeler* avec un seul *p*; *attendre* avec un seul *t*; etc., c'est encore ici l'orthographe bourguignonne où l'on supprime les lettres redoublées non prononcées.

Il a fallu dabord bien préparer les choses (1)
De l'empire amoureux luy déplier les roses ;
L'induire à se vouloir baisser pour en cueillir.
D'aise, en lisant vos vers, je la vois tressaillir,
Surtout quand un amour qui n'est plus guère en vogue
Y brille sous le titre ou d'Ydile ou d'Eglogue.
Elle n'a plus l'esprit maintenant ocupé
Que des bords du Lignon, des vallons de Tempé,
De bergers figurant quelques danses légères
Ou, tout le jour, assis aux pieds de leurs bergères
Et, couronés de fleurs, au son du chalumeau,
Le soir, *au petit pas* (2), regagnant le hameau.
La voyant s'émouvoir à ces fades esquices (3)
Et de ces visions savourer les délices,
J'ay crû devoir mener tout doucement son cœur
De l'amour de l'ouvrage à l'amour de l'auteur.

DORANTE.

C'est une Eglogue aussy qu'on lui prépare encore ;
Damis se lève exprès, chés vous, avant l'Aurore.

LISETTE.

Damis ?

DORANTE.

     L'auteur des riens dont on fait tant de cas,
Et sa rencontre icy, tout franc, ne me plaît pas.

LISETTE.

Ne le nommons-nous pas (4) Monsieur de l'Empirée ?

---

(1) Textes imprimés : « *Il fallait bien d'abord préparer toutes choses.* »

(2) Textes imprimés : « *A pas comptés* ». On avouera qu'*au petit pas* est beaucoup plus exact et bien moins prétentieux qu'*à pas comptés*. — Les troupeaux rentrent lentement, à la tombée de la nuit ; les bergers les accompagnent à petits pas. — « Ma mule allait à discrétion, c'est-à-dire *au petit pas* ». (Gil Blas).

(3) Lisette parle ici selon l'opinion régnante ; nous sommes en 1738. Mais, quand Jean-Jacqués aura parlé, quand il aura remis à la mode les champs et la nature, *et les danses sous l'ormel*, alors la pastorale ne paraîtra plus fade ; Florian, tout enrubanné, sera un auteur à la mode ; Gesner sera goûté ; Legouvé écrira la mort d'Abel, etc.

(4) Textes imprimés : « *Celui que nous nommons.* »

DORANTE.

Oui, son talent chés nous lui donne aussy l'entrée ;
Mon père en est épris jusqu'à l'aimer, je croy,
Un peu plus que ma mère (1) et presque autant que moy.

LISETTE.

Qu'il garde sa besogne ! (2).

DORANTE.

Ah ! soit ! Je l'en dispense.
Sur un pareil emprunt tu *vois* comme je pense.

LISETTE.

Monsieur de Francaleu ne vous conoît pas ?

DORANTE.

Non.

LISETTE.

Faites-vous présenter à lui sous un faux nom.
Icy, l'amour des vers est un tic de famille (3) ;
Le père, qui les aime encor plus que la fille,
Regarde votre amy comme un homme divin
Et vous plaîrés dabord, présenté de sa main.

DORANTE.

Il faut luy déguiser (4) la raison qui m'attire.

LISETTE.

La fureur du théâtre (5) en est une à luy dire ;
Désirés de joüer avec nous. Justement,
Quelques acteurs nous font faux bond en ce moment.

---

(1) Piron veut nous donner à entendre que le père de Dorante est, lui aussi, atteint de la tarentule poétique ; mais sa façon de parler n'est pas heureuse, parce qu'elle fait songer à Tartufe qui savait s'introduire partout. Toutefois Damis, il est vrai, n'est pas un suborneur ; il se présente dans les familles comme auteur ; il est désintéressé, heureux qu'on admire son esprit et rien de plus.

(2) Textes imprimés : « *Laissons là son églogue.* » Expression moins claire que celle du manuscrit ; on n'en saisit le vrai sens que par la réponse de Dorante.

' (3) Ici Piron songe à sa propre famille et non à celle de Francaleu, lequel n'est devenu métromane qu'à 50 ans.

(4) Textes imprimés : « *Il peut me demander.* »

(5) Textes imprimés : « *Le goût pour le théâtre* ».

DORANTE

Ouida, je les remplace et je m'ofre à tout faire.

LISETTE

A la piéce du jour rendés-vous nécessaire,
Et pour lors...

DORANTE

Le voicy qui vient; retire-toy (1).

SCÈNE III[2]

DORANTE, DAMIS

(Damis arrive en rêvant profondément et, tout en arrivant,
se trouvant devant du monde, il retourne brusquement sur ses
pas en frapant du pied et disant) :

DAMIS

Oh! pour le coup!

DORANTE

Damis! Damis! Ecoutés-moy.

---

(1)   — « Il s'agit de cela maintenant: après quoi ...
DORANTE.
« Voici notre poète... Adieu... retire-toi ».

(2) A partir d'ici la scène est autre que celle qu'on trouve dans les imprimés; elle a été modifiée de fond en comble et de plus très étendue,
comme suit :

DORANTE.
Tout à l'heure, mon cher, il faut prendre la peine...

DAMIS, sans l'écouter.
Non, jamais si beau feu ne m'échauffa la veine!
Ma foi, j'ai fait pour vous bien des vers jusqu'ici,
Mais je donne ma voix et la palme à ceux-ci.

DORANTE.
Il s'agit...

DAMIS, l'interrompant :
De vous faire une églogue? Elle est faite.

DORANTE.
Eh ! n'allons pas si vite !

DAMIS.
Oh! mais, faite et parfaite.

DORANTE.
Je le crois.

DAMIS, *revenant.*

Je suis furieux ! C'est une chose cruelle !
On me heurte ; on me suit ! On m'accoste ! On m'apelle !
A la fin je me crois en des lieux bien déserts,
J'y cherche un mot ; je l'ay ! Je vous voy : je le perds,
Et je ne finis rien !

DAMIS.
Au bon coin ceci sera frappé.
DORANTE.
D'accord.
DAMIS.
Et je le donne en quatre au plus huppé.
DORANTE.
Laissons ; je vous demande.
DAMIS, *l'interrompant.*
Oui, du noble et du tendre.
DORANTE, *perdant patience.*
Non ! du tranquille !
DAMIS, *tirant ses tablettes.*
Aussi vous en allez entendre.
DORANTE.
Eh ! j'en jugerais mal !
DAMIS.
Mieux qu'un autre... Ecoutez.
DORANTE.
Je suis sourd !
DAMIS.
Je crîrai
DORANTE.
Vainement !
DAMIS.
Permettez.
DORANTE.
Quelle rage !
DAMIS. *lisant.*
Daphnis et l'Echo, dialogue.
Daphnis...
DORANTE, *à part.*
Au diable soient l'Echo, l'homme et l'églogue.
DAMIS, *avec emphase.*
« Echo, que je retrouve en ce bocage épais... »
DORANTE, *d'une voix éclatante.*
Paix ! dit l'Echo ; paix, dis-je ! Une bonne fois, paix !
Sinon...

DORANTE.

         Il s'agit d'autre chose.
Mon amour se restraint désormais à la prose
Et vous quitte d'un soin qui n'est plus de saison ;
Non que je ne ressente. ainsy que de raison,
La bonté que ce jour encor vous avés euë ;
J'ay regrêt à la peine.

DAMIS, *l'interrompant.*

Comment, Monsieur, quand pour vous je compose ?

DORANTE.

Mais, quand de vous, Monsieur, on demande autre chose ?

DAMIS, *avec volubilité.*

Ode ? Epître ? Cantate ?

DORANTE.

Ahie !

DAMIS.

Elégie ?

DORANTE.

            Hé bien...

DAMIS

Portrait ? Sonnet ? Bouquet ? Triolet ? Ballet ?

DORANTE.

             Rien !
Mon amour se retranche au langage ordinaire,
Et désormais du vôtre il n'aura plus affaire.

DAMIS, *resserrant ses tablettes.*

C'est autre chose ! Alors ces vers seront pour moi

DORANTE.

Non que je ne ressente, ainsi que je le dois
La bonté que, ce jour encor, vous avez eue ;
J'ai regret à la peine.

DAMIS.

         Elle n'est pas perdue.
Mes vers, sans aller loin, sauront où se placer,
Et l'on a, pour son compte, à qui les adresser.

DORANTE.

Ah ! vous aimez ?

DAMIS.

         Qui donc aimerait, je vous prie ?
La sensibilité fait tout notre génie.
Le cœur d'un vrai poète est prompt à s'enflammer.
Et l'on ne l'est qu'autant que l'on sait bien aimer.

DORANTE, *à part.*

Je le crois mon rival. (*Haut*) Quelle est votre bergère ?

DAMIS.

Elle n'est pas perdue ;
Mes vers, sans aller loin, sauront où se placer
Et l'on a, pour son compte, à qui les adresser.

DORANTE.

Ah ! vous aimés ?

DAMIS.

De la vôtre, pour moi, le nom fut un mystère,
Que le nom de la mienne en puisse être un pour vous.

DORANTE.

Et votre sort, Monsieur, sans doute...

DAMIS.

Est des plus doux.

DORANTE.

Une plume si tendre a de quoi plaire aux belles.

DAMIS.

Ce jour vous en dira peut-être des nouvelles.

DORANTE.

Ce jour ?

DAMIS.

Est un grand jour.

DORANTE, *à part.*

Ah ! c'est Lucile ! (*Haut*) Oh ça !
Si vous ne la nommez, du moins dépeignez-la.

DAMIS.

Je le voudrais.

DORANTE.

A qui tient-il ? (*à part*) Son froid me tue !

DAMIS.

Je ne le puis.

DORANTE.

Pourquoi ?

DAMIS.

Je ne l'ai jamais vue.

DORANTE, *à part.*

C'est elle ! (*Haut*) Expliquez-vous.

DAMIS.

Mes termes sont fort clairs.

DORANTE.

D'où naîtraient donc vos feux ?

DAMIS.

De son goût pour les vers.

DORANTE.

De son goût pour les vers ! (*Bas*) Mon infortune est sûre ;
Mais n'importe ! Feignons et poussons l'aventure.

4 — MÉTRO.

DAMIS.

Qui donc aimeroit, je vous prie ?
La sensibilité fait tout notre génie.
Le cœur d'un vray poëte est prompt à s'allumer
Et l'on ne l'est qu'autant que l'on sçait bien aimer.

DORANTE.

(Bas) Je le crois mon rival. (Haut) Quelle est votre bergère ?

DAMIS.

De la vôtre, pour moy, le nom fut un mystère,
Que le nom de la mienne en puisse être un pour vous.

DORANTE.

Et votre sort, Monsieur, sans doute...

DAMIS.

Est des plus doux.

DORANTE.

Je suis encor bien loin d'en pouvoir autant dire.
Mais parlons d'autre chose, et ne songeons qu'à rire ;
Donnés-moy pour acteur à Monsieur Francaleu.
Je me sens des talens et je voudrois un peu,
En m'essayant chez luy, voir ce que je sçais faire.

DAMIS.

Venés.

DAMIS.

Qu'est-ce donc? Qu'avez-vous? D'où vient tant d'aparté ?

DORANTE.

De mon premier objet c'est trop m'être écarté;
Revenons au plaisir que de vous j'ose attendre.

DAMIS.

Parlez; me voilà prêt. Que faut-il entreprendre?

DORANTE.

Donnez-moi pour acteur à Monsieur Francaleu.
Je me sens du talent, et je voudrais un peu,
En m'essayant chez lui, voir ce que je sais faire.

DAMIS.

Venez. »

Toute cette scène, qui n'existe pas dans le manuscrit, est l'une des plus
heureusement dialoguées de ce premier acte. On voit que l'art des déve-
loppements n'était pas inconnu de Piron. Le *qu'est-ce donc ? Qu'avez-
vous ?* est une réminiscence de Molière.

DORANTE.

Mon nom pouroit me nuire.

DAMIS.

Il faut le taire.

Vous êtes mon amy, ce titre sufira.
Ecoutés seulement les vers qu'il vous lira.
C'est un fort galand homme, excellent caractère,
Bon mary, bon amy, bon cytoien, bon père.
Mais à l'humanité, si parfait que l'on fût,
Toujours par quelque foible on paya le tribut.
Le sien est de vouloir rimer malgré Minerve;
De s'être, à cinquante ans, avisé de sa verve,
D'oser ainsy nommer (1) une démangeaison
Qui fait honte à la rime autant qu'à (2) la raison.
Et, malheureusement, ce qui vicie abonde (3)!
Du torrent de ses vers sans cesse il nous inonde!
Le premier, il en râille, et vous les avilit (4);
N'importe (5)! l'auteur perce! Il les lit, les relit,
Prétend qu'ils fassent rire et, pour peu qu'on en rie,
Le poignard sur la gorge, en fait prendre copie,
Rentre en fougue, s'acharne impitoyablement,
Et, charmé du flatteur, le paye en l'assomant.

DORANTE.

Oh! je suis patient! Il a trouvé son homme,
Et d'éloges outrés moy-même je l'assomme (6).

DAMIS.

Pour moy je meurs, je tombe, écrâzé sous le faix.

---

(1) Textes imprimés : « *Si l'on peut nommer verve* ». — Au vers précédent on lit, d'ordinaire, « *en cheveux gris*, » au lieu de « *à cinquante ans* ».

(2) Textes imprimés : « *Ainsi qu'à...* »

(3) C'est le contraire du « *quod abundat, non vitiat* » des Latins.

(4) Textes imprimés :
     « Tout le premier lui-même, il en raille, il en rit ».

(5) Textes imprimés : « *Grimace* »!

(6) Textes imprimés :
     « Oh! Je suis patient; je veux lasser votre homme,
     Et que de l'encensoir ce soit moi qui l'assomme ».

DORANTE.

Qui vous retient chez luy?

DAMIS.

Mais d'ailleurs je m'y plais (1).
Le voicy. Tout le corps me frissonne à l'aproche
Du grifonage afreux qu'il a toujours en poche.

SCÈNE IV

M. FRANCALEU, DAMIS, DORANTE.

FRANCALEU.

Peste soit de ces coups où l'on ne s'attend pas!
Voilà ma pièce au diable et mon théâtre à bas!

DAMIS.

Comment donc?

FRANCALEU.

Trois acteurs: l'amant, l'oncle, le père.
Manquant à point nommé, font cette belle afaire.
L'un a la fièvre; l'autre un rhume et l'autre est mort (2)!
C'est bien prendre leur tems!

DAMIS.

Vraiment ils ont grand tort (3)!
D'ailleurs les trois sujets étaient bons, c'est dommage (4)

---

(1) Textes imprimés :
« . . . . Des raisons que je tais,
Et je m'y plairais fort sans sa muse funeste
Dont le poison maudit nous glace et nous empeste.
Heureux, quand mon esprit vole à sa région,
S'il n'y porte pas l'air de la contagion »!

(2) Textes imprimés :
« L'un est inoculé, l'autre aux eaux, l'autre mort » !

(3) Textes imprimés :
« C'est bien prendre son temps! D. Le dernier a grand tort!»

(4) Textes imprimés :

FRANCALEU.

« Je croyais.célébrer le retour de ma fille ;
A grands frais je convoque amis, parents, famille,
J'assemble un auditoire et nombreux et galant,
Et nous fermons. Cela n'est-il pas régalant ?

DAMIS.

Certes, les trois sujets étaient bons; c'est dommage » !

FRANCALEU.

Quelle sérénité ! Sçavés-vous, quand j'enrage,
Que j'enrage encor plus si l'on n'enrage aussy ?

DAMIS.

C'est que je vois, monsieur, bon remède à cecy.
Le rôle des vieillards n'est pas de longue haleine ;
Les deux premiers venus le rempliront sans peine.

FRANCALEU.

Et l'amant ?

DAMIS.

Mon amy s'en acquitte à ravir.

DORANTE, à *Francaleu*.

Monsieur, vous me voyés tout prêt à vous servir.

FRANCALEU.

Mile graces, monsieur, d'une faveur pareille !
Vous ferés, je le voy, l'amoureux à merveille (1).
Mais il s'agit pourtant d'un amant maltraité,
Et peut-être jamais ne l'avés-vous été ?
Or il faut, quelque loin qu'un talent puisse atteindre
Eprouver pour sentir, et sentir pour bien feindre.

DAMIS.

Aussy n'ira-t-il pas se chercher dans autruy ;
Le rôle qu'il accepte est modelé sur luy.
Le pauvre garçon meurt, meurt pour une inhumaine (2)
Sans oser déclarer son amoureuse peine ; (*en riant*)
De façon qu'il en est encore à s'aviser,
Quand peut-être quelque autre est tout près d'épouzer !

---

(1) Textes imprimés :
FRANCALEU.
« Il a d'un amoureux tout à fait l'encolure.

DAMIS,
Le jeu bien au-dessus encor de la figure,

FRANCALEU.
Mais il s'agit ici d'un amant maltraité
Et, peut-être, Monsieur ne l'a jamais été ».

(2) Textes imprimés :
« Le pauvre infortuné meurt pour une inhumaine. »

DORANTE.

Ma situation sans doute est peu commune,
Et je sens, en effet, toute mon infortune !

FRANCALEU.

Bon ! tant mieux ! Vous voilà selon notre désir.
Venés, et, croyés-moy, nous aurons du plaisir.

(*Il l'emmène*).

DAMIS.

J'ay beau le voir party, je ne m'en crois pas quitte !
Mais, grace à l'embarras qui l'occupe et l'agite,
Sain et sauf, une fois, j'échape à mon bourreau !

FRANCALEU, *rentrant.*

Attendés-vous à voir quelque chose de beau !
J'achève de brocher une pièce en six actes.
La rime et la raison n'y sont pas trop exactes,
Mais j'en apprête mieux à rire à mes dépens.

(*Il s'en retourne*).

SCÈNE V

DAMIS, *seul*.

Et je n'armerois pas contre ce guèt à pens ?
Ce devroit être fait ! Qu'il reste à sa campagne,
Ou me vienne chercher au fond de la Bretagne !...
L'amour m'y tend les bras ; mon cœur m'a devancé !
C'est un nœud que, de loin, l'esprit a commencé.
Il est tems que la vuë et l'achève et le serre.
Partons !

SCÈNE VI

DAMIS, MONDOR.

Mondor remet une lettre à son maître et dit ce qui suit
pendant que Damis lit :

MONDOR.

Ah ! grace au ciel ! enfin je vous déterre !
Je vous cherche, monsieur, depuis huit jours entiers
Et de Paris, cent fois, j'ay fait tous les quartiers !

J'ay craint, au bord de l'eau, vos visions cornuës ;
Que cherchant quelque rime et lisant dans les nuës,
Vous n'eûssiés, à vos pieds, de faux pas en faux pas,
Trouvé quelque impromptu que vous ne cherchiés pas [1]

DAMIS, *ayant lû.*

Hoho ! bon gré, mal gré, voicy qui me retarde.

MONDOR.

Ecoutés donc, monsieur ; ma foy, prenés-y garde,
Un beau jour...

DAMIS.

Un beau jour, ne te tairas-tu point ?

MONDOR.

A votre aise ! Après tout, liberté sur ce point.
Enfin, quelqu'un m'a dit qu'icy vous pouviés être,
Mais personne, monsieur, ne veut vous y connaître,
Et dans ce vaste enclos, que j'ay tout parcouru,
Je vous manquois encor si vous n'eûssiés paru.

DAMIS.

De mes admirateurs tout cet enclos fourmille ;
Mais tu m'as demandé par mon nom de famille.

MONDOR.

Sans doute ! Comment donc aurois-je interrogé ?

DAMIS.

Je n'ai plus ce nom-là.

MONDOR.

Vous en avés changé ?

DAMIS.

Le beau titre à garder que le nom de ses pères !
C'en est un sous lequel on ne s'illustre guères,

_____

(1) Textes imprimés :
   « Pégase imprudemment, la bride sur le cou,
   N'eût voituré la muse aux filets de Saint-Cloud. »
Il nous semble que la correction laisse à désirer, si l'on songe surtout
que c'est un laquais qui parle. Comment Pégase pourrait-il voiturer une
muse par eau ? Le texte primitif, tout simple qu'il est, paraît bien plus
logique et naturel.

Et je vois que partout. c'est l'usage commun
De prendre un nom de terre ou de s'en forger un (1).

MONDOR.

Votre nom maintenant c'est donc?

DAMIS.

De l'Empirée,
Et j'ose en garantir l'éternelle durée (2).

MONDOR.

De l'Empirée ! Ouida ! vous voilà grand terrien (3) !
L'espace est vaste ! Aussy vous y perdés-vous bien !
Mais quand l'esprit, là-haut, va seul à sa campagne,
Que le corps, icy-bas, soufre qu'on l'accompagne.

DAMIS.

Et crois-tu donc qu'un homme à talens, tel que moy,
Puisse régler sa marche et disposer de soy?
Les gens de mon espèce ont le destin des belles :
Tout le monde voudroit nous enlever, comme elles.
Prêt de rentrer chez moy, j'allois à pas comptez (4),
Un carrosse tout court s'arrête à mes côtez ;

---

(1) Textes imprimés :

DAMIS.

« Oui, j'ai depuis huit jours imité mes confrères ;
Sous leur nom véritable ils ne s'illustrent guères,
Et, parmi ces messieurs, c'est l'usage, etc. »

(2) Textes imprimés :

« Et j'en oserais bien garantir la durée. »

(3) Textes imprimés :

« De l'Empyrée ? Ouida ! n'ayant sur l'horizon
Ni feu, ni lieu qui puisse allonger votre nom,
Et ne possédant rien sous la voûte céleste,
Le nom de l'enveloppe est tout ce qui vous reste.
Voilà donc votre esprit devenu terrien !
L'espace est vaste ; aussi s'y promène-t-il bien.
Mais quand il va là-haut, lui seul à sa campagne, etc »

(4) Textes imprimés :

« Je me laisse entraîner chez Monsieur Francaleu
Par un impertinent que je connaissais peu.
C'est lui qui me présente ; et, dupe du manége,
Je sers de passe-port au fat qui me protége.
On tenait table encore ; on se serre pour nous.
La joie, en circulant, me gagne ainsi qu'eux tous.

La portière entr'ouverte. on m'apelle, je monte,
Et, quand je veux descendre ensuite. on n'en tient compte.
J'ay beau dire, on s'en moque, et, toujours disputant,
De six jeunes chevaux l'attelage éclatant
Me roûle, en un quart d'heure. en ce lieu de plaisance
Où je bois, chante et ris, le tout par complaisance.

MONDOR.

Par complaisance, soit ! Mais vous ne sçavés pas ?

DAMIS.

Et quoy ?

MONDOR.

           Pendant qu'icy vous prenés vos ébats,
La Fortune, à la ville, en est un peu jalouze ;
Monsieur Baliveau...

DAMIS.

      Heim ?

MONDOR.

     Votre oncle de Thoulouze...

DAMIS.

Après ?

MONDOR.

    Est à Paris.

DAMIS.

       Qu'il y reste !

MONDOR.

         Fort bien.
Sans croire, sans vouloir que vous en sçachiés rien.

Je la sens. j'entre en verve, et le feu prend aux poudres!
Il part de moi des traits, des éclairs et des foudres !
J'ai le vol si rapide et si prodigieux
Qu'à me suivre on se perd après moi dans les cieux !
Et c'est là qu'à grands cris je reçois des convives
Ce nom qui va du Pinde enrichir les archives !

MONDOR.

Qui va nous appauvrir, à coup sûr, tous les deux.

DAMIS.

Ensuite, un équipage, et commode, et pompeux,
Me roule, en un quart d'heure, en ce lieu de plaisance
Où je ris, chante et bois, le tout par complaisance. ∗

DAMIS.

Pourquoy donc me le dire ?

MONDOR.

Ah ! quelle indiférence !
Eh, rien est-il, pour vous, de plus de conséquence ?
Un oncle riche et vieux, dont votre sort dépend,
Qui du bien qu'il vous veut sans cesse se repend,
Prétendant sur son goût régler votre génie,
De vos diables de vers détestant la manie,
Et qui, depuis cinq ans bien comptez, dieu mercy,
Pour faire votre droit nous pensionne icy.
Attendés-vous, monsieur, à d'horribles tempêtes !
Il vient, incognito, pour voir où vous en êtes.
Peut-être il sçait déjà que, vous donnant l'essor,
Vous n'avés pris icy d'autre licence encor
Que celles qu'il craignoit, et que, dans vos rubriques,
Vous nommés, entre vous, licences poëtiques.
Ah ! monsieur, redoutés son indignation !
Vous allez encourir l'exhérédation (1) ?
Ce mot doit vous toucher ou votre ame est bien dure.

DAMIS.

Mondor, porte ces vers à l'auteur du *Mercure* (2).

MONDOR.

Beau fruit de mon sermon !

DAMIS.

Digne du sermoneur.

MONDOR.

Et que doit nous valoir ce papier ?

---

(1) Terme juridique. C'est un souvenir du temps où Piron étudiait, à Dijon, pour devenir avocat, et où il apprit aussi que le père de Crébillon avait *exh*ᵉ*rédé*, c'est-à-dire deshérité son fils, à cause de sa passion pour la muse tragique. — Les textes imprimés donnent : « *Vous aurez encouru*, » au lieu de : « *Vous allez encourir*. »

(2) Aujourd'hui on dirait *aux bureaux* du Mercure, ou au directeur du Mercure.

DAMIS.

De l'honneur.

MONDOR.

Bon ! de l'honneur !

DAMIS.

Tu crois que je dis des sornettes ?

MONDOR.

C'est qu'on n'a point d'honneur à mal payer ses dettes,
Et qu'avec celui-cy vous les paîrés très mal.

DAMIS.

Qu'un valet raisonneur est un sot animal !
Eh ! fais ce qu'on te dit.

MONDOR.

Aussy, ne vous déplaise,
Vous en parlés, monsieur, un peu trop à votre aise.
Vous avés les plaisirs, et moy tout l'embaras.
Vous et vos creanciers je vous ay sur les bras.
C'est moy qui les écoute et qui les congédie ;
Je suis lâs de joüer pour vous la comédie ;
De vous celer ; d'oser remettre au lendemain
Pour emprunter encore avec un front d'airain.
Ma probité répugne à ces façons de vivre :
De ce monde aboyant cherchés qui vous délivre !
Pour moy. plein desormais d'un juste repentir,
J'abandonne le rôle, et ne veux plus mentir. [giste(2)!
Viennent barbier(1). marchand, tailleur, hôte, auber-
Que leur cour vous talonne et vous suive à la piste !
Tirés vous-en vous seul, et voyons une fois ..

DAMIS.

Tu me raporteras le *Mercure* du mois,
Entens-tu ?

---

(1) Textes imprimés : « *Baigneur* », au lieu de « *barbier*. »

(2) On voit que c'est une imprécation ; les points d'exclamation du manuscrit indiquent ce sens.

MONDOR.

Trouvés bon aussy que je revienne
Environné des gens que je vous nomme.

DAMIS.

Amène.

MONDOR.

Vous pensés rire?

DAMIS.

Non.

MONDOR.

Vous verrés.

DAMIS.

Je t'attens.

MONDOR.

Oh bien! vous en allés avoir le passe-tems.

DAMIS.

Et toy celui de voir des gens comblez de joye.

MONDOR.

Les paîrés-vous?

DAMIS.

Sans doute,

MONDOR.

Et de quelle monnoie?

DAMIS.

Ne t'embarasse pas.

MONDOR.

Oüais! Seroit-il en fonds?

DAMIS.

Arrangeons-nous déjà sur ce que nous devons.

MONDOR (*à part*).

Morbleu, c'est pour m'aprendre à peser mes paroles!

DAMIS.

Au répétiteur?

MONDOR.

Trente ou quarante pistoles.

DAMIS.

A l'hôte ? à la lingère ? au perruquier ?

MONDOR.

Autant.

DAMIS.

Au tailleur ?

MONDOR.

Quatre vingt.

DAMIS.

A l'aubergiste ?

MONDOR.

Cent.

DAMIS.

A toy ?

MONDOR.

Monsieur ..

DAMIS.

Combien ?

MONDOR.

Monsieur...

DAMIS.

Parle ?

MONDOR.

J'abuse.

DAMIS.

De ma patience !

MONDOR.

Oui, je vous demande excuse.
Il est vray que... le zèle... a manqué de respect ;
Mais le passé rendoit l'avenir très suspect.

DAMIS.

Cent écus?... Supposons...Plus ou moins, il n'importe.
Çà, partageons les prix (1) que dans peu je remporte.

MONDOR

Les prix?

DAMIS

Oui, de l'argent. de l'or, qu'en lieux divers
La France distribue à qui fait mieux les vers.
A Paris, à Roüen, à Thoulouze, à Marseille.
Je concoûrray partout partout feray merveille (2).

MONDOR.

Ah ! si bien que Paris paîra donc le loyer,
Roüen le maître en droit; Thoulouze, le barbier;
Marseille, la lingère; et le diable, mes gages !

DAMIS.

Tu doutes qu'en tous lieux j'emporte les sufrages?

MONDOR.

Non ! ne doutons de rien. et sur un fond meilleur
N'hypothéqués-vous pas l'auberge et le tailleur?

DAMIS.

Sans doute, et sur un fond de la plus noble espèce.
Le théâtre françois donne aujourdhuy ma pièce.
Le secrèt est gardé (3); hors un acteur et toy
Personne au monde encor ne sçait qu'elle est de moy.
Ce soir même on la joue... En voici la nouvelle;
            (*Il montre la lettre.*)
Mon talent, à l'Europe, aujourdhuy se révèle.
Vers l'immortalité je fais les premiers pas...
Cher amy, que pour moy ce grand jour a d'appas !

---

(1) Cette scène est très probablement un souvenir des quatre ou cinq
prix remportés par le dijonnais La Monnoye, longtemps voisin de la pharmacie du père de Piron, et qui, ayant sur le tard quitté sa ville natale
pour Paris. ne fut reçu à l'Académie française qu'en un âge assez avancé.

(2) Textes imprimés :
    « J'ai concouru partout, partout j'ai fait merveille ».

(3) Textes imprimés : « *Le secret m'est gardé* ».

MONDOR.

J'enrage (1).

DAMIS.

Autre bonheur ! Une fille adorable,
Rare, célèbre, unique, habile, incomparable...

MONDOR.

De cette fille unique, après, qu'espérés-vous ?

DAMIS.

Aujourdhuy triomphant, demain j'en suis l'époux (2).

---

(1) Dans les textes imprimés, Damis poursuit en disant : « *Autre espoir* »...
et Mondor lui coupe la parole en disant : « *Chimérique* ». — Après quoi
Damis reprend : « *Une fille adorable,* etc. » !

(2) A partir de ce vers les textes imprimés donnent les 28 vers suivants :

DAMIS (*continue*).

« Demain. (*Mondor s'en va.*) Où vas-tu donc, Mondor?

MONDOR.

Chercher un maître.

DAMIS.

Et pourquoi, tout à coup, suis-je indigne de l'être?

MONDOR.

C'est que l'air est, Monsieur, un fort sot aliment.

DAMIS.

Qui te veut nourrir d'air? Est-tu fou ?

MONDOR.

Nullement.

DAMIS.

Ma foi ! tu n'es pas sage !... Eh quoi ! tu te révoltes
A la veille, que dis-je ! au moment des récoltes !
Car, enfin, rassemblons (puisqu'il faut avec toi
Descendre en des détails si peu dignes de moi)!
Rassemblons, en un point de précision sûre,
L'état de ma fortune, et présente et future
De tes gages déjà le paîment est certain.
Ce soir, une partie, et l'autre après-demain...
Je réussis, j'épouse une femme savante.
Vois le bel avenir qui de là se présente !

MONDOR.

En bonne opinion, vous êtes un rare homme,
Et sur cet oreiller vous dormés d'un bon somme!
Mais un coup de siflet peut vous réveiller.

DAMIS.

Pars;
L'embarras où je suis mérite un peu d'égards.
Une pièce affichée, une autre dans la tête.
Une où je jouë, une autre à lire toutte prête :
Voilà de quoy, sans doute, avoir l'esprit tendu.

(*Il sort.*)

MONDOR.

Dites un héritage et bien du tems perdu ?

Vois naître, tour à tour, de nos feux triomphants,
Des pièces de théâtre et de rares enfants !
Les aiglons généreux, et dignes de leur race,
A peine encore éclos voleront sur nos traces !
Ayons en trois. Léguons le Comique au premier,
Le Tragique au second, le Lyrique au dernier.
Par eux seuls en tous lieux la scène est occupée.
Qu'à l'envi, cependant, donnant dans l'Epopée,
Et mon épouse et moi, nous ne lâchions par an,
Moi, qu'un demi poëme; elle, que son roman :
Vers nous, de tous côtés, nous attirons la foule.
Voilà, dans la maison, l'or et l'argent qui roule;
Et notre esprit qui met, grâce à notre union,
Le théâtre et la presse à contribution.

ACTE II

SCÈNE I

M. BALIVEAU, M. FRANCALEU.

BALIVEAU.

L'heureux tempéramment ! Ma joye en est extrême :
Gai, vif, aimant à rire, enfin toujours le même !

FRANCALEU.

C'est que je vous revois. Oui, mon cher Baliveau,
Embrassons-nous encore, et que, tout de nouveau
De l'ancienne amitié ce témoignage éclatte.
La séparation n'est pas de fraîche datte ;
Convenés que, pendant (1) l'intervale écoulé,
La Parque, à la sourdine, a diablement filé !
En auriés-vous l'humeur moins gaillarde et moins vive ?
Pour moy je suis de tout : joüeur, amant, convive,
Fréquentant, fêtoyant les bons faiseurs de vers ;
J'en fais même comme eux.

BALIVEAU.

Comme eux !

FRANCALEU.

Oui.

BALIVEAU.

Quel travers !

---

(1) Textes imprimés : « *Convenez-en ; pendant...* »

FRANCALEU.

Pas tout à fait comme eux ; car je les fais sans peine ;
Aussi, quand je les lis, contre eux l'on se déchaîne,
Mais sous un autre nom (1). ma muse, en tapinois,
Se fait, dans le *Mercure*, aplaudir tous les mois.

BALIVEAU.

Comment?

FRANCALEU.

     J'y prends le nom d'une bâsse-Bretonne.
Sous ce voile étranger je ris, je plais, j'étonne ;
Et le masque femelle, agaçant le lecteur,
De tel, qui m'eût raillé (2), fait mon adorateur.

BALIVEAU (*bas*).

Il est devenu fou !

FRANCALEU.

    Lisés-vous le *Mercure* ?

BALIVEAU.

Jamais.

FRANCALEU.

    Tant pis, morbleu ! tant pis ! Bonne lecture !
Lisés celuy du mois, vous y verrés encor
Comme aux dépens d'un fou je m'y donne l'essor.
Je ne sçais pas qui c'est ; mais la dupe (3) s'abuse
Jusques-là qu'il me nomme une dixième Muse,
Et qu'il me veut pour femme avoir absolument !
Moy, j'ay par un sonnet riposté galamment.
Je goûte à ce commerce un plaisir incroyable !
Et vous ne trouvés pas l'aventure impayable ?

---

(1) —   — · : « *Aussi me traitent-ils de poète à la douzaine,*
              Mais, en dépit d'eux tous, ma muse, etc. ».

(2) —   — : « *De tel qui m'a raillé.* »

(3) —   — : « *Mais le benêt s'abuse.* »

BALIVEAU.

Ma foy, je n'aime point (1) que vous ayés donné
Dans un goût pour lequel vous étiés si peu né.
Vous poète? Hé, bons dieux, depuis quand?... Vous?

FRANCALEU.

                          Moi-même!
Je ne saurois vous dire au juste le quantième;
Dans ma tête, un beau jour, ce talent se trouva,
Et j'avois cinquante ans quand cela m'arriva.
Enfin je veux, chez moy, que tout chante et tout rie!
L'age avance, et le goût avec l'age varie.
Je ne saurois fixer le tems, ny les desirs;
Mais je fixe du moins, chez moy, tous les plaisirs.
Nous joüons une pièce, aujourdhuy, très plaisante (2);
J'en suis l'auteur. Elle a pour titre *l'Indolente*;
Ridicule jamais ne fut si bien daubé,
Et vous êtes, pour rire, on ne peut mieux tombé.

BALIVEAU.

Ne comptés pas sur moy. J'ai quelque affaire en tête
Qui de moy ne feroit, chez vous, qu'un trouble-fête (3);

FRANCALEU.

Et quelle affaire encor?

BALIVEAU.

                Un diable de neveu
Me fait, par ses écarts, mourir à petit feu.
C'est un garçon d'esprit, d'assés belle aparence,
De qui j'avois conceu la plus haute esperance.
J'en fis l'unique objèt d'un soin tout paternel,
Mais rien ne rectifie un mauvais naturel!
Pour achever son droit (n'est-ce pas une honte?)
Il est, depuis cinq ans, à Paris, de bon compte.

---

(1) Textes imprimés : « *pas* ». Et, deux vers plus bas: « *bon Dieu,* » au lieu de « *bons dieux* ! »

(2) Textes imprimés : « *Aujourd'hui nous jouons une pièce excellente.* »

(3) —   —   : « *Qui ne ferait chez vous de moi qu'un trouble-fête* »

J'arrive, je le trouve encore au premier pas (1).
Parasite, endetté (2), sans ce qu'on ne sçait pas !
Ne pourrois-je obtenir. pour peu qu'on me seconde,
Un ordre qui le mette en lieu qui m'en réponde?
Ne connoissant personne, et vous sçachant icy
Je venois ..

FRANCALEU.

Vous aurés cet ordre.

BALIVEAU.

Grammercy !

FRANCALEU.

Mais, plaisir pour plaisir.

BALIVEAU.

Pour vous que puis-je faire?

FRANCALEU.

Dans la pièce du jour prendre un rôle de père ?

BALIVEAU.

Un rôle? moy ?

FRANCALEU.

Sans doute, à vous.

BALIVEAU.

C'est tout de bon?

FRANCALEU.

Ouy ; n'êtes-vous pas bien de l'âge d'un barbon?

BALIVEAU.

Soit ; mais...

FRANCALEU.

Vous en avés les dehors.

---

(1) Çà et là le manuscrit offre des retouches ; ici, par exemple, on a biffé *même* pour mettre *premier*.

(2) Textes imprimés : « *Endetté, vagabond.* »

BALIVEAU.
                    Je l'avoüe.

FRANCALEU.

Assés l'humeur.

BALIVEAU.
          Que trop !

FRANCALEU.
                    Et tant soit peu la moüe.

BALIVEAU.

Avec raison !

FRANCALEU.
          Et puis le rôle n'est pas fort.

BALIVEAU.

Tel qu'il soit (1), j'y répugne.

FRANCALEU.
                    Il faut faire un efort.

BALIVEAU

Eh fy ! que dira-t-on (2)?

FRANCALEU
          Que voulés-vous qu'on dise?

BALIVEAU.

Un capitoul !

FRANCALEU.
          Eh bien !

BALIVEAU.
          La gravité?

---

(1) Textes exprimés : « *Quel qu'il soit* »

(2)   —   —   : « *Eh! fi! que dirait-on ?* »

FRANCALEU.
                              Sottise !

BALIVEAU.
Ma noblesse d'ailleurs...

FRANCALEU.
                    Bon ! êtes-vous connu (1) ?

BALIVEAU.
D'accord.

FRANCALEU (*lui donnant son rôle*).
        Tenés ! Tenés !

BALIVEAU.
                Quoy, je serois venu ?...

FRANCALEU.
Pour recevoir ensemble (2) et rendre un bon ofice.

BALIVEAU.
Je vois bien qu'il faudra qu'à la fin j'obéisse !
Vous me promettés donc que mon fripon (3)...

FRANCALEU.
                                    Demain,
Je vous le garantis cofré du grand matin.

BALIVEAU.
Il faudra commencer par sçavoir où le prendre.

———————————

(1) Textes imprimés : « *Vous n'êtes pas connu* ».

(2) *Ensemble,* c'est-à dire *en même temps, tout à la fois.* — Nous avons *d'ailleurs* mis, plus haut, pour *d'autre part,* aliâ parte.

(3) Textes imprimés : « *Mon coquin paira donc ?*...

FRANCALEU
            Oui, oui ! j'en suis garant ;
Demain, on vous le coffre au faubourg Saint-Laurent ».

FRANCALEU.

Dans son lit.

BALIVEAU.

C'est bien dit, s'il luy plaît de s'y rendre ;
Mais son hôte ne sçait ce qu'il est devenu.

FRANCALEU.

On sçaura bien l'avoir après l'ordre obtenu.
Adieu ; car il est tems de vous mettre à l'étude.

BALIVEAU.

Je vais donc m'enfoncer dans cette solitude,
Et là, gesticulant et brâillant tout le saoù,
Faire un apprentissage, en vérité, bien fou !

SCÈNE II

M. FRANCALEU, LISETTE.

FRANCALEU.

Moy je fais l'oncle, et toy, Lisette, ês-tu contente ?
Tu voulois un beau rôle et tu fais l'Indolente ;
Reste à s'en bien tirer (1). Ma fille est sous tes yeux ;
Tâche à la copier. Tu ne peux faire mieux.
Le modèle est parfait

LISETTE.

N'en soyés pas en peine.
Je veux luy ressembler au point qu'on s'y méprenne !
J'ay dabord un habit en tout pareil au sien ;
J'ay sa taille ; j'aurai son geste, son maintien,
Et je prétens si bien (2) représenter l'Idole
Qu'elle se reconnoisse à la fadeur du rôle,

---

(1) Il eût été plus exact de dire : « *Reste à t'en bien tirer,* » mais les trois *t* eussent produit un effet déplaisant que l'auteur a voulu éviter.

(2) Textes imprimés : « *Enfin, je veux si bien.* »

Et. comme en un miroir, s'y voyant traits pour traits,
Que l'insipidité l'en dégoûte à jamais ;
Car, Monsieur, excusés, mais vous et votre femme
Vous avés fait un corps où je veux mettre une ame.

FRANCALEU.

L'indolence, en effet, laisse tout ignorer ;
Et combien l'ignorance en fait elle égarer !
Le danger vole autour de la simple colombe,
Et, sans lumière enfin (1) le moyen qu'on ne tombe !
Tu feras donc fort bien de la morigéner.
Qu'elle sçache connoître, aplaudir, condamner ;
Qu'à son gré, d'elle-même, elle dispose ensuite.
Le penchant satisfait répond de la conduite.
C'est contre le torrent du siècle intéressé (2) ;
Mais me regardât-on comme un père insensé.
Je veux qu'à tous égards ma fille soit contente,
Que l'époux qu'elle aura soit selon son attente,
Qu'elle n'écoute qu'elle et que son propre cœur
Sur un choix qui fera sa perte ou son bonheur ;
Qu'elle s'explique enfin là-dessus sans finesse.
Ce lieu rassemble exprès une belle jeunesse,
Vingt honnêtes partis dont le meilleur, je croy,
Ne refusera pas de s'allier à moy.
Ma fille est riche et belle. En un mot, je la donne
Au premier qui lui plait (3).

---

(1) Ce passage fait songer à Victor Hugo. D'abord vient à la pensée le beau vers :

     « Ah ! n'insultez jamais une femme qui tombe ! »

Puis, songeant à l'ignorance, on se rappelle le mot de ce même grand poète : « Une école qui s'ouvre, c'est une prison qui se ferme. » Malheureusement l'expérience fait voir qu'il n'en est rien, car autre chose est la morale, autre chose la science. En sorte qu'il faut en revenir au mot de la Médée d'Ovide : « *Video proboque, deteriora sequor.* » On peut être très instruit et très pervers.

(2) Il y a de sous-entendu : (*agir ainsi*), c'est (*agir*) contre le torrent.

(3) Dans les textes imprimés *Francaleu* continue à parler avec *Lisette* et la scène III ne commence que 12 vers plus loin avec cette indication : « *Dorante*, dans le fond du théâtre, écoute sans être vu que de Lisette. » — Ce détail n'est pas indiqué dans le manuscrit.

SCÈNE III

FRANCALEU, DORANTE, LISETTE

FRANCALEU (*sans voir Dorante*).

> Je n'excepte personne

LISETTE.

Pas même le poëte ?

FRANCALEU.

> Au contraire, c'est luy
> Que je préférerois à tout autre aujourdhuy.

LISETTE.

Je ne le crois pas riche.

FRANCALEU.

> Hé bien, j'en ay de reste.
> J'auray fait un heureux : c'est passe-tems céleste !
> Favorisant ainsy l'honnête homme indigent,
> Le mérite, une fois, aura valu l'argent.

LISETTE.

Je vois dans ce choix libre un contre-tems à craindre,
Qui rendroit votre fille extrêmement à plaindre.

FRANCALEU.

Quoy donc (1) ?

LISETTE.

> C'est que son choix pouroit tomber très bien
> Sur tel qui, sur une autre, auroit fixé le sien ;
> Et, pour lors, il seroit moins aisé qu'on ne pense
> De ramener Lucile à son indiférence (2).

FRANCALEU (3)

Tu penses juste (4). Aussi j'ay pris soin de sçavoir
L'histoire de tous ceux qu'icy j'ay voulu voir.

---

(1) Les textes imprimés donnent, les uns: « *Hé, quel ?* » les autres : « *Eh quel ?* ».

(2) Textes imprimés : « *De ramener son cœur à de l'indifférence* ».

(3) Ici commence la scène 3ᵉ dans les textes imprimés.

(4) Textes imprimés : « *Tu parles juste* ».

LISETTE.

Et celle du jeune homme à qui l'on donne un rôle,
La sçavés-vous ?

FRANCALEU.

On dit, à propos, que le drôle ..

LISETTE.

Je vous en avertis, il est fort amoureux !
Pour ne pas nous jetter dans un cas (1) dangereux
Très positivement songés donc à l'exclurre.

FRANCALEU.

J'y cours tout de ce pas ; tu peux en être sure,
Et vais, à la douceur joignant l'autorité,
Laisser un libre choix, ce jeune homme excepté.

SCÈNE IV

DORANTE, LISETTE.

DORANTE.

Je ne t'interromps point !

LISETTE.

Bien malgré vous, je gage ?

DORANTE.

Non : j'écoute. j'admire et je me tais... Courage !

LISETTE.

Vous vous trouverés bien de n'avoir point parlé.

DORANTE.

En effet, me voilà joliment instalé !

LISETTE.

Instalé ? tout des mieux ! J'en répons.

---

(1) Piron a hésité entre *cas* et *pas*, en sorte que le vers primitif a dû être : « *Pour ne point nous jetter dans un pas dangereux.* »

DORANTE.

Quelle audace !
Quoy, (1) tu peux sans rougir me regarder en face ?

LISETTE.

Pourquoi donc, s'il vous plait, baîsserois-je les yeux ?

DORANTE.

Après l'exclusion qu'on me donne en ces lieux ?

LISETTE.

Et c'est le coup de maître !

DORANTE.

Il est bon là !

LISETTE.

Sans doute !
Ne décidons jamais où nous ne voyons goutte !

DORANTE.

Quoy, tu me feras voir (2)...

LISETTE.

Oh ! qui va rondement
Ne daigne pas entrer en éclaircissement.

DORANTE.

Je n'en demande plus. Ma perte étoit jurée !
Je trouve en mon chemin Monsieur de l'Empirée !
Il aime, il a sçû plaire ; oui, je le tiens de lui ;
J'ignorois seulement quel étoit son appui ;
Mais, sans voir ta maîtresse, il osoit tout écrire.
Tandis qu'en la voyant moy je n'osois rien dire !
Et ta bouche infidelle, ouverte en sa faveur,
Des vers que j'empruntois le déclaroit l'auteur !

LISETTE.

Vous croyés que je sers le poëte ?

---

(1) Des textes imprimés les uns donnent « quoi ; » les autres « Et ».
Piron, en substituant et à quoi aura voulu éviter la répétition du même
mot qui se trouve dans le « pourquoi » du vers suivant,

(2) Textes imprimés : « De grâce, fais-moi voir »,

DORANTE.

Oui, perfide !

LISETTE.

Vous ne croyés donc pas que l'intérêt me guide ?
Pauvre cervelle ! Ainsy je l'ay donc bien servy
Quand j'ay formé le plan que vous avés suivy ?
Quand je vous étâblis dans les lieux où vous êtes ?
Quand je songe à tenir les routes touttes prêtes
Pour vous conduire au but où pas un ne parvient ?
Et quand, enfin... Allés, je ne sçais qui me tient...

DORANTE.

Mais, cette exclusion, que veux-tu que j'en pense ?

LISETTE.

Tout ce qui (1) vous plaîra ; je hais la défiance.

DORANTE.

Encore ? à quoi d'heureux peut-elle préparer ?

LISETTE.

A vous tirer du pair, à vous faire adorer.
Tel est le cœur humain, surtout celui des femmes.
Un ascendant mutin fait naître dans nos âmes,
Pour ce qu'on nous ordonne (2), un dégoût triomphant,
Et le goût le plus vif pour ce qu'on nous défend.

DORANTE.

Mais si cet ascendant se taisoit dans Lucile ?

LISETTE.

Oh que non ! L'indolence est toujours indocile,
Et telle qu'est la sienne, à ce que j'en puis voir ;
La contrariété seule peut l'émouvoir.
Ce n'est pas même assés des défenses du père,
Si je ne les seconde en duègne sévère.

DORANTE.

Hé bien, les yeux fermez, je m'abandonne à toy.

---

(1) Les textes imprimés donnent « qu'il ».

(2) Le mot *ordonne* a été billé, et Piron y a substitué *permet*, qui se
lit dans les textes imprimés.

LISETTE.

Défense encor d'oser luy parler avant moy.

DORANTE.

Oh ! c'est aussy pousser trop loin ma patience (1) !

LISETTE.

Dans un quart d'heure, au plus, je vous livre audiance.

DORANTE.

Dans un quart d'heure ?

LISETTE.

Au plus. Promenés-vous là-bas.
Tenés, dans un moment j'y conduirai ses pas.
La voicy ! Laissés-nous. Partés donc (2)...

DORANTE.

Quel suplice !

LISETTE.

Désirés-vous ou non qu'on vous rende service ?

DORANTE.

L'éviter ?

LISETTE.

Ou tout perdre.

DORANTE, *sortant.*

Ah ! que c'est à regrèt !

SCÈNE V

LUCILE, LISETTE.

LISETTE, *voyant que Lucile salue Dorante.*

Voilà, mademoiselle, un cavalier bien fait !

LUCILE.

J'y prens peu garde.

---

(1) Textes imprimés : « *Oh ! c'est aussi trop loin pousser la patience* ».
(2)   id.   « *La voici ! Partez donc ! Laissez-nous* ».

LISETTE.

Aimable autant qu'on le peut être.

LUCILE.

Tu le dis ; je le croy.

LISETTE.

Vous devés le connoître (1).

LUCILE.

Je l'ay veû quelquefois au parloir (2).

LISETTE.

Sans plaisir?

LUCILE.

Ny chagrin.

LISETTE.

Si j'avois, comme vous, à choisir,
Celui-là, franchement (3), auroit la préférence.

LUCILE.

La multitude augmente en moy l'indiférence.
Je hais de ces galands le concours importun,
Et tu ne verras pas que j'en regarde aucun.

LISETTE.

Quoy? Sans yeux pour eux tous ! On vous fera dédire.

LUCILE.

Si j'en ay ce sera pour un seul.

LISETTE.

C'est-à dire
Qu'en faveur de ce seul votre cœur se résout
Et que le choix en est déjà fait?

---

(1) Textes imprimés : « *Vous semblez le connaître* ».

(2) Lorsqu'elle était au couvent.

(3) Textes imprimés : « *Celui-là, je l'avoue, etc.* ».

LUCILE.

Point du tout.
Je ne le veux choisir, ny ne le connois même.
Mon père le désigne; il défend que je l'aime;
J'obéirai. Je sçais le devoir d'une enfant (1).
Nous n'oserions aimer lorsqu'on nous le défend.

LISETTE.

Oh non !

LUCILE.

Mais devoit-il (2), sçachant mon caractère,
M'embarasser l'esprit d'une défense austère ?

LISETTE.

En effet !

LUCILE.

Exiger par delà ma froideur
Et de l'obéissance où m'eût suffi l'humeur ?

LISETTE.

Cela pique.

LUCILE.

Voyons (3) ce conquérant terrible
Pour qui l'on craint si fort que je ne sois sensible.
La curiosité me fera succomber,
Et sur luy seul, enfin, mes regards vont tomber.

LISETTE.

On vous l'aura donc bien désigné ? Lequel est-ce ?

LUCILE.

C'est celuy qui joûra l'amoureux dans la pièce.

LISETTE, *avec froideur.*

C'est celuy qui joûra ?...

---

(1) Textes imprimés : « *D'un enfant* ».

(2) Les textes imprimés donnent *on* au lieu de *il.*

(3) Sur le manuscrit Piron a biffé « *quel est* », pour mettre *voyons.*

LUCILE.

Quel air d'austérité !

LISETTE.

Mademoiselle, point de curiosité?
C'est bien innocemment que j'ay pris la licence
De vous insinuer la dez-obeïssance.

LUCILE.

Qu'est-ce à dire ?

LISETTE.

Oubliés ce que je vous ay dit.

LUCILE.

Quoy !

LISETTE.

Vous venés de voir celui dont il s'agit.
Ma préférence étoit un fort mauvais précepte.

LUCILE.

Quoy, Lisette (1), c'est là celui que l'on excepte?

LISETTE.

Luy-même. Rendés grâce à l'innattention
Qui ferma votre cœur à la séduction.
Vous gagnés tout au monde à ne pas le connoître.
Le devoir eût eû peine à se rendre le maître,
Et, sûre de l'aveu d'un père complaisant,
Vous n'eûssiés pas remis le choix jusqu'à présent.

LUCILE.

Mile choses de luy maintenant me reviennent
Qui, véritablement, engagent et préviennent.

LISETTE.

Ce que, depuis un mois, de luy vous avés lû
Témoigne assés combien son esprit vous eût plû.

---

(1) Textes imprimés : « *Que me dis-tu?* » Cette correction supprime le *quoi* qui se trouverait répété à deux vers d'intervalle

Dessin de Piron au Musée de Dijon

LUCILE.

Quoy, ces vers que je lis, que je relis sans cesse...

LISETTE.

Sont les siens !

LUCILE.

Quel esprit ! Quelle délicatesse !
De plaisirs et de jeux quel mélange amusant !
Que sous des traits si doux l'amour est séduisant !
L'auteur veut plaire et plaît, sans doute à quelque belle
A qui l'on doit le feu dont sa plume étincelle ?

LISETTE.

C'est ce que votre père apparemment conclud (1)
Et la raison qui fait que son ordre l'exclud ;
Il craint que vous n'aimiés la conquête d'une autre...
D'une autre ! Mais j'y songe ; et si c'étoit la vôtre ?
Vous riés ? et moy non. C'est au plus sérieux.
Les vers étoient pour vous. J'ouvre à la fin les yeux (2).
Ouy, je vous reconnois, traits pour traits, dans l'image
De celle à qui s'adresse un si galand hommage.

LUCILE.

Je remarque, en effet... Prenons par ce chemin.
Monsieur de l'Empirée aproche, un livre en main.
On m'a, pour le choisir, presque tyrannisée,
Et mon ame jamais n'y fut moins disposée.
Viens (3).

LISETTE, *seule.*

Ce préliminaire est, je crois, sufisant,
Et Dorante n'a plus qu'à parler à présent

---

(1) Textes imprimés : « *C'est ce qu'apparemment votre père en conclut.* »

(2)　　id.　　 : « *J'ouvre à présent les yeux.* »

(3) Dans les textes imprimés *viens* n'existe pas ; c'est *Lisette* qui dit :
　　« *Bon ! Ce préliminaire est, je crois, suffisant*
　　Et Dorante, s'il veut, peut traiter à présent. »

SCÈNE VI

MONDOR, LISETTE.

MONDOR.

Lisette, ay-je un rival icy? qu'il disparoîsse !

LISETTE.

S'il me plaît.

MONDOR.

Plaise ou non ; tu n'es plus ta maîtresse.

LISETTE.

Comment ?

MONDOR.

Tu m'apartiens.

LISETTE.

Et de quel droit encor ?

MONDOR.

Lucile est à Damis ; donc, Lisette à Mondor.

LISETTE.

Lucile est à ton maître ! Ah ! tout beau ; j'en apelle.

MONDOR.

Il ne luy manque plus que l'aveu de la belle ;
Celuy du père est seûr, à tout ce que j'entens.

LISETTE.

La belle avance !

MONDOR.

Ecoute.

LISETTE, *s'en allant.*

Oh ! je n'ai pas le tems !

SCÈNE VII

DAMIS, *seul, tenant à la main le* Mercure *que Mondor
lui a aporté.*

Ouy, divine inconuë ! ouy, céleste Bretonne !
Possédés seule un cœur que je vous abandonne !

Sans la fatalité de ce jour (1), où mon front
Ceint le prémier laurier, ou rougit d'un afront,
J'abandonnois (2) ces lieux et volois où vous êtes.

SCÈNE VIII

DAMIS, MONDOR.

MONDOR.

Je ne m'étonne plus si nous payons nos dettes!
Entre vingt concurrens (3) on vous le donne beau
Et vous avés pour vous, Monsieur, l'air du bureau.

DAMIS, *sans le voir ni l'entendre.*

Si, comme je le crois, ma pièce est aplaudie,
Vous êtes la puissance à qui je la dédie.
Vous eûtes un esprit que la France admira;
J'en eus un qui vous plut: l'Univers le saura!
(*Il donne du livre à travers le néz de Mondor*),

MONDOR.

Ouf!

DAMIS.

Qui te sçavois là? dis?

MONDOR.

Maugrebleu du geste!

DAMIS.

Tu m'écoutois? Hé bien, râille, blâme, conteste!
Dis encor que mon art ne sert qu'à m'ébloüir!
Tu vois? je suis heureux!

MONDOR.

Plus que sage (4)!

_____

(1) *De ce jour*, sous entendu *ci*, le jour présent. Au vers suivant *ceint*, pour *va ceindre*, est très expressif.

(2) Textes imprimés : « *Je désertais* ». Piron a voulu éviter la répétition du verbe *abandonner*. Voyez deux vers plus haut.

(3) Textes imprimés : « *Prétendants* ».

(4) C'est le « *plus felicior quam prudentior* » des Latins.

DAMIS.

A t'ouïr

Je ne me repaîssois que de vaines chymères.

MONDOR.

Votre bonheur, tout frais, ne se devinoit guères.

DAMIS.

Par un sot comme toy.

MONDOR.

Mon Dieu, pas tant d'orgueil!

Vous ne pouviés manquer d'être vu d'un bon œil ;
Vous trouvés un esprit de la trempe du vôtre.
Mais vous n'eûssiés jamais réussy près d'une autre (1).

DAMIS.

De pas une autre aussy je ne me soucîrois (2).

---

(1) Près d'une autre demoiselle.

(2) Dans les textes imprimés la scène continue ainsi ·

DAMIS.

Celle-ci seule a tout ce que je désirais.
De ma muse, elle seule, épuisant les caresses,
Me fait prendre congé de toutes mes maîtresses.

MONDOR.

Il faudrait en avoir pour en prendre congé !

DAMIS.

Je ne te parle aussi que de celles que j'ai.

MONDOR.

Vous n'en eûtes jamais. J'ai de bons yeux peut-être?
Un valet peut tout voir, voit tout, et sait son maître
Comme, à l'Observatoire, un savant sait les cieux ;
Et vous-même, Monsieur, ne vous savez pas mieux.

DAMIS.

Pas tant d'orgueil, toi-même, ami ! Va, tu t'abuses!
En fait d'amour, le cœur d'un favori des Muses
Est un astre vers qui l'entendement humain
Dresserait d'ici-bas son télescope en vain.
Sa sphère est au-dessus de ton intelligence.
L'illusion nous frappe autant que l'existence;
Et, par le sentiment suffisamment heureux,
De l'amour seulement nous sommes amoureux.
Ainsi le fantastique a droit sur notre hommage,
Et nos feux pour objet ne veulent qu'une image.

MONDOR.

C'est qu'elle aime les vers, sans quoy je défierois...

MONDOR.

Monsieur, à ma portée, ajustez-vous un peu,
Et, de grâce, en français mettez-moi cet hébreu !

DAMIS.

Volontiers. Imagine une jeune merveille :
Elégance, fraicheur et beauté sans pareille,
Taille de nymphe...

MONDOR, *regardant aux loges.*

Après ? je vois cela d'ici.

DAMIS.

C'est de mes premiers feux l'objet en raccourci.
T'accommoderais-tu d'une femme ainsi faite ?

MONDOR.

La peste !

DAMIS.

Aussi ma flamme a-t-elle été parfaite !

MONDOR.

Mais je n'ai jamais vu cet objet plein d'appas !

DAMIS.

Parbleu, je le crois bien, puisqu'il n'existait pas !

MONDOR.

Et vous l'aimiez ?

DAMIS.

Très fort !

MONDOR.

D'honneur ?

DAMIS.

A la folie !

MONDOR.

Une maîtresse en l'air et qui n'eut jamais vie !

DAMIS.

Oui, je l'aimais avec autant de volupté
Que le vulgaire en trouve à la réalité !
La réalité même est moins satisfaisante :
Sous une même forme elle se représente ;
Mais une Iris en l'air en prend mille en un jour.
La mienne était bergère et nymphe tour à tour
Brune ou blonde, coquette ou prude, fille ou veuve :
Et, comme tu crois bien, fidèle à toute épreuve.

MONDOR.

Monsieur, parlez tout bas !

DAMIS.

Hé, par quelles raisons ?

MONDOR.

Pour moy, ce qui m'en plaît, c'est la source féconde
Où nous allons puiser désormais les ducats.

DAMIS.

Les ducats ?

MONDOR.

C'est qu'on pourrait vous mettre aux Petites-Maisons.

DAMIS.

Cet amour, il est vrai, me parut un peu vide
Et je ne pus tenir à l'appât du solide.
Je répudiai donc la chimérique Iris.
D'une beauté palpable enfin je fus épris ;
J'ai chanté celle-ci sous le nom d'Uranie.
Ah ! que j'ai bien pour elle exercé mon génie !
Et que de tendres vers consacrent ce beau nom !

MONDOR.

Et je n'ai pas plus vu l'une que l'autre ?

DAMIS.

Non.

La fierté, la naissance et le rang de la dame
Renfermaient dans mon cœur le secret de ma flamme.
Comment aurais-tu fait pour t'en être aperçu ?
Elle-même, elle était aimée à son insu.

MONDOR.

Mais vraiment un amour de si légère espèce
Pourrait prendre son vol bien par de-là l'altesse !

DAMIS.

N'en doute pas, et même y goûter des douceurs.
L'Amour impunément badine au fond des cœurs.
A ce que nous sentons que fait ce que nous sommes ?
L'astre du jour se lève : il luit pour tous les hommes
Et le plaisir commun que répand sa clarté
Représente l'effet que produit la beauté.

MONDOR.

J'entends. Tout vous est bon, rien ne vous importune
Pourvu que votre esprit soit en bonne fortune?
A ce compte, un jaloux ne vous craindra jamais,
Et vos rivaux, monsieur, peuvent dormir en paix.
Et deux !... A l'autre !

DAMIS.

Hélas ! en ce moment encore
Je revois son image, et mon esprit l'adore !...
(A part)
Pour la dernière fois, tu me fais soupirer,
Divinité chérie ! Il faut nous séparer.
Plus de commerce; adieu, nous rompons.

MONDOR

Quel dommage !
L'union était belle !... Hé que répond l'image ?

MONDOR.

C'est de quoy vous faites peu de cas.
L'un de nous deux a tort ; mais, qu'à cela ne tienne ;
Ait raison (1) qui voudra, pourvû que l'argent vienne !

DAMIS.

Enfin, tu conçois donc qu'on en sçaura gagner ?

MONDOR.

Le bonhomme, du moins, ne veut point l'épargner.

DAMIS.

Le bonhomme ?

MONDOR.

Oui, monsieur ; si vous êtes son gendre,
Monsieur de Francaleu dit, à qui veut l'entendre,
Qu'il rendra là-dessus votre bonheur complet.

DAMIS.

Extravagues-tu ?

MONDOR.

Non, foy d'honnête valet.

DAMIS.

Et qui diable te parle, en cette circonstance.
De monsieur Francaleu ny de son alliance ?

MONDOR.

Bon ! ne voicy-t-il pas encore un quiproquo ?
De qui parlés-vous donc, monsieur ?

DAMIS.
De mon cœur attendri pour jamais elle sort,
Et fait place à l'objet dont nous parlions d'abord.

MONDOR
D'un poste mal acquis l'équité la dépose ;
Et rien, avec raison, fait place à quelque chose ?

DAMIS.
Que celle-ci, Mondor, a de grâce et d'esprit !

MONDOR
C'est qu'elle aime les vers, et cela vous suffit.

(1) Textes imprimés : « *Aura tort* ».

DAMIS.

D'une Sapho,
D'un prodige qui doit, aidé de mes lumières,
Effacer, quelque jour, l'illustre Dezhoulières,
D'une fille à laquelle est uny mon destin.

MONDOR.

Où diable (1) est cette fille ?

DAMIS.

A Quimper-Corentin.

MONDOR.

A Quimp...

DAMIS.

Oh ! ce n'est pas un bonheur en idée
Celui-cy ! l'espérance est saine et bien fondée !
La Bretonne adorable a pris goût à mes vers.
Douze fois l'an, sa plume en instruit l'univers ;
Elle a, douze fois l'an, réponse de la nôtre,
Et nous nous encensons, tous les mois, l'un et l'autre.

MONDOR.

Où vous êtes-vous vûs ?

DAMIS.

Nulle part ; à quoy bon ?

MONDOR.

Et vous l'époûseriés ?

DAMIS.

Sans doute ; pourquoy non ?

MONDOR.

Et si c'étoit un monstre ?

---

(1) Textes imprimés : « *Où diantre* ».

DAMIS.

Oh ! tais-toy ! tu m'excèdes :
Les personnes d'esprit sont-elles jamais laides (1) ?

MONDOR.

Oui, mais répondra-t-elle à votre folle ardeur ?

DAMIS.

Je suis assés instruit par notre ambassadeur.

MONDOR.

Eh, quel est l'intriguant d'une telle avanture ?

DAMIS.

Le Messager des Dieux, luy-même ; le *Mercure.*

MONDOR.

Oh oh ! bel entrepôt vraîment pour coqueter !

DAMIS.

Tiens ! lis dans celui-cy que tu viens d'aporter.

MONDOR *lit.*

Sonnet de Mademoiselle Mériadec de Kersic,
de Quimper, en Bretagne, à Monsieur Cinq Étoiles ..
(Mondor rend le livre.)

DAMIS.

Ton esprit aisément perce à travers ces voiles,
Et voit bien que c'est moy qui suis les *cinq étoiles ?*
Oui, qu'à jamais pour moy, belle Mériadec,
Pégaze soit rétif et l'Hypocrène à sec,
Si ma lyre, de myrthe et de palmes ornée,
Ne consacre les nœuds d'un si rare hyménée !

---

(1) On sait que Piron aima durant nombre d'années la *Quenaudon* qui
se faisait appeler mademoiselle *de Bar*, qu'il finit par épouser. Or, Collé
la dépeint ainsi : « Elle était laide à faire peur ; moi qui la connaissais
depuis vingt-trois ans, je l'ai toujours vue vieille. C'était une de ces phy-
sionomies malheureuses qui n'ont jamais été jeunes. Elle avait de l'esprit
mais peu agréable »... On voit qu'elle a tout au moins inspiré un beau
vers à Piron.

MONDOR.

Je respecte, monsieur, un si noble transport :
Qui vous chicanerait davantage (1) auroit tort ;
Mais, prenés un conseil. Votre esprit s'exténuë
A se forger les traits d'une femme inconnuë ;
Peignés-vous cellè-ci sous quelque objèt présent.
Lucile a, par exemple, un visage amusant...

DAMIS.

J'entens.

MONDOR.

　　　Suivés, lorgnés, obsédés sa personne ;
Croyés voir et voyés en elle la Bretonne...

DAMIS.

C'est bien dit. Cette vuë (2) échaûfant mes esprits,
N'en portera que plus de feu dans mes écrits...
Le bon sens du maraût quelquefois m'épouvante !

MONDOR.

Molière, avec raison, consultoit sa servante !

DAMIS.

On se peint dans l'objèt présent et plein d'apas
L'objet qu'on idolâtre et que l'on ne voit pas.
Aussy bien, transporté du bonheur de ma flamme,
Déjà dans mon cerveau roûle une (3) épitalame
Que, devant qu'il soit peu, je prétens mettre au nèt,
Et donner au *Mercure*, en païment du sonnèt...
Muse, évertücns-nous ; ayons les yeux sans cesse
Sur l'astre qui fait naître en ces lieux la tendresse ;
Cherche, en le contemplant, matière à tes crayons,
Et que ton feu divin s'allume à ses rayons !...
Que cette solitude est paisible et touchante !
J'y veux relire encor le sonnèt qui m'enchante.

(Il va s'asseoir à un coin du théâtre).

---

(1) Textes imprimés : « *Franchement* ».
(2) 　　　　　—　　　« *Cette idée* ».
(3) 　　　　　—　　　« *Un épithal me* ».

MONDOR.

Quelle tête !... Il faut bien le prendre comme il est !
Voyons ce qui naîtra de ce jeu qui lui plaît.
L'assiduité peut, Lucile étant jolie,
Luy faire de Quimper abjurer la folie.

SCÈNE IX

LUCILE, DORANTE, DAMIS, *sans être vu.*

DORANTE.

A cet aveu si tendre, à de tels sentimens
Que je viens d'apuyer du plus saint des sermens,
A tout ce que j'ay craint, madame, à ce que j'ose,
A vos charmes, enfin, plus qu'à toute autre chose,
Reconnoissés que j'aime (1) et réparés l'erreur
D'un père qui m'exclud du don de votre cœur.
Je ne veux, pour tout droit, que sa volonté même,
Père équitable et tendre, il veut que l'on vous aime.
Ah ! si (2) c'est à ce prix qu'il a mis votre foy,
Qui jamais vous poura mériter mieux que moy ?

LUCILE.   claire.

Mais, sur ce point, monsieur (3), qu'importe qu'on l'é-
S'il ne vous en n'est pas, pour cela, moins contraire ?
Et si, dez qu'il sçaura de qui vous êtes fils,
Nul espoir, près de moy, ne vous est plus permis ?

DORANTE.

J'obtiendray son aveu, rien ne m'est plus facile ;
Mais, parmis tant d'amants, adorable Lucile,
N'auriés-vous pas nommé déjà (4) votre vainqueur ?

---

(1) Racine : « *Reconnaissez Abner à ses traits éclatants*, etc. ».

(2) Textes imprimés : « *Dès que* »; et au lieu de : « *qu'il a mis* », les textes donnent : « *que l'on met* ».

(3) Textes imprimés : « *Mais enfin là-dessus qu'importe* ».

(4)   —   « *Déjà nommé* ».

LUCILE, *tirant des vers de sa poche.*

L'auteur seul de ces vers a sçu toucher mon cœur,
Je l'avouë; et, pour luy, me voilà déclarée.

DORANTE, *apercevant Damis.*

On nous écoute.

LUCILE.

Hé! c'est Monsieur de l'Empirée!
Lisons-les-luy, ces vers; il en sera charmé.

DORANTE, *à part.*

Est-ce luy, juste ciel! ou moy qu'elle a nommé?

LUCILE, *à Damis.*

Venés, monsieur, venés, pour qu'en votre présence
Nous discutions un fait de votre compétence.
Il s'agit d'une Idyle où j'ay quelque intérêt,
Et vous nous en dirés votre avis, s'il vous plaît.

DORANTE.

Madame, on fait grand tort à messieurs les poëtes
Quand on les interrompt dans leurs doctes retraites;
Laissons donc celui-cy rêver en liberté,
Et détournons nos pas de cet autre côté.

DAMIS.

Le plus grand tort, monsieur, que l'on puisse nous faire,
C'est de priver nos yeux de ce qui peut leur plaire.
Peut-on penser si bien, étant seul en ces lieux,
Qu'étant avec madame on ne pense encor mieux?

(A *Lucile.*)
Madame, je vous prête une oreille attentive (1);
Rien ne me plaira tant. Lisés, et s'il m'arrive
Quelque distraction, dont je ne répons pas,
Vous ne l'imputerés qu'à vos divins apas.

_____

(1) Racine a dit : « *Prêtez-moi l'un et l'autre une oreille attentive.* »
Piron n'oublie jamais ses classiques.

LUCILE.

Votre façon d'écrire, élégante et fleurie,
Vous accoûtume au ton de la galanterie.
Allons, messieurs, passons sous ce feuillage épais
Où, loin des importuns, nous puissions lire en paix.

SCÈNE X

DORANTE, *seul.*

Est-ce un coup du hazard ou de leur perfidie?
Voyons! il faut de près que je les étudie
Et que je sorte enfin de la perplexité
La plus grande où peut-être on aît jamais été.

ACTE III

SCÈNE I

DORANTE, *seul et tenant* (1) *des tablettes.*

Quelqu'un regrette bien les secrets confiez
A ces tablettes-cy que je trouve à mes piedz.
(Il les ouvre et lit.)
Epitalame !... Ha ! ha ! (2) j'en reconnois le maître !
J'y pourrois bien aussy déveloper un traître !
Lisons.

SCÈNE II

LISETTE, DORANTE

LISETTE.

Suis-je une fourbe ? ay-je trahy vos feux ?
Le seul qu'on veut exclure est-il si malheureux ?
Dez que je vous ay vû prêt d'aborder Lucile,
Je me suis éclypsée en confidente habile,
Et je vous ay laissé le champ libre, à l'instant.
Hé bien, quelle nouvelle ? en êtes-vous content ?

DORANTE.

Ah ! qu'elle est ravissante ! etque ce tête-à-tête
Achève de luy bien assurer sa conquête !
Je l'aimois ! l'adorois ! l'idolâtrois ! mais rien
N'exprime mon état depuis cet entretien.

---

(1) Textes imprimés : « *et ramassant des tablettes* ».
(2)   —   « *Ah ! ah !* »

Jusqu'au son de sa voix, tout me pénètre en elle !
Son défaut me la rend plus piquante et plus belle (3) !
Ouy, ce qu'en elle on nomme indolence et froideur
Redouble de mes feux la tendresse et l'ardeur.

LISETTE.

La dédaigneuse enfin s'est-elle humanisée ?
Je l'avois, ce me semble, assés bien disposée.

DORANTE.

Tu me vois dans un trouble ..

LISETTE, *l'interrompant.*

Eh ! vivés en repos !

DORANTE.

Ses grâces m'ont charmé mais non pas ses propos !

LISETTE.

A-t-elle, avec rigueur, fermé l'oreille aux vôtres ?

DORANTE.

Non ; mais j'aurois voulu qu'elle en eût tenu d'autres.

LISETTE.

Quoy ! qu'elle eût dit : « Monsieur, je suis folle de vous ;
Je voudrois que déjà vous fussiés mon époux » !
Mais ouy, c'est avoir l'âme assurément bien dure
De ne pas abréger ainsy la procédure !

DORANTE.

Ayant fait de ma flamme un libre et tendre aveu
Et promis d'agréer à monsieur Francaleu,
Comme je témoignois la plus ardente envie
D'entendre mon arrêt ou de mort, ou de vie,

---

(1) Observation juste, mais vieille puisqu'on la trouve déjà dans l'anti-
quité. Inutile de citer ici les vers de Molière ; ils sont trop connus ; mais
voici un passage de Shakespeare qui en a pris le contre-pied. — « Je n'ai
pas encore vu un homme, fût-il jeune et beau, qui n'ait été repoussé par
elle. *Est-il blond ?* elle jure qu'on prendrait ce cavalier pour sa sœur ;
est-il brun ? la nature s'est amusée à barbouiller de noir ce visage-là ;
grand ? c'est une lance surmontée d'un fer ridicule ; *petit ?* c'est une
agathe mal taillée ; *parleur ?* une girouette qui tourne à tous les vents ;
silencieux ? un soliveau que rien ne pourrait émouvoir ».

Elle m'a répondu (diray-je avec douceur) :
« *L'auteur seul de ces vers a sçû toucher mon cœur* ».
A ces mots, de sa poche elle a tiré l'*idile*
Dont le succès me rend de moins en moins tranquile.

LISETTE.

Elle croyoit(1) parler à l'auteur.

DORANTE.

Je ne sçais ;
Mais elle a mis mon âme à de rudes essais.
Elle a vû mon rival d'un œil de complaisance.
Elle a lû, malgré moy, l'idile en sa présence ;
C'étoit me démasquer. Sous cape, il en rioit,
Peut-être en homme à qui l'on me sacrifioit.
Le serois-je, en effet? Seroit-ce luy qu'on aime ?
Me jouëroient-ils tous deux? Me jouërois-tu toi-même?

LISETTE.

Les honnêtes soupçons! Rendés grâce, entre nous,
Au cas particulier que je fais des jaloux.
Sans les égards qu'on doit à leur tendre caprice,
Mon honneur ofensé se feroit bien justice.

DORANTE.

« *L'auteur seul de ces vers a sçû toucher mon cœur* »,
Dit-elle. Encore un coup je n'en suis pas l'auteur.
Supposé qu'on la trompe et qu'elle me le croye(2),
Où donc est encor là le grand sujet de joye ?
Je joüis d'une erreur et j'aurois souhaitté
Une source plus pure à ma félicité.
Un mérite étranger est cause que l'on m'aime
Et je me sens jaloux d'un autre dans moi-même.

LISETTE.

Que la délicatesse est folle en ses excès !
Eh ! monsieur, y faut-il regarder de si près ?
Qu'importe du bonheur la source fausse ou vraye(3)!

---

(1) Textes imprimés : « *C'est qu'elle a cru parler* ».

(2) Latinisme : *et qu'elle me croie cela*, c'est-à-dire *l'auteur.*

(3) Musset a dit depuis : « *Qu'importe la liqueur pourvu qu'on ait l'ivresse !*

DORANTE.

Tout ce que j'entrevois, de plus en plus m'éfraye.
Les desseins du poète étaient (1) encor douteux,
Mais il est mon rival et mon rival heureux.
De Lucile, sans cesse, il contemple les charmes ;
Il se voit vingt rivaux sans en prendre d'alarmes !
A l'estime du père il a le plus de part ;
Seule (2), avec son valèt, je te trouve à l'écart.
Que te veut-il ? Pourquoi s'enfuit-il à ma vuë ?
Quels étoient vos complots ? D'où vient paroître émuë ?
Réponds !

LISETTE.

Tout doucement (3) ! Vous prenés trop de soin
Et c'est aussy pousser l'interrogat trop loin.

DORANTE.

Je t'épierai si bien aujourd'huy... Prends-y garde !
Quelque part que tu sois, crois que je te regarde...
Cependant, allons voir, en les feuilletant bien,
Si ces tablettes-cy ne m'instruiront de rien.

SCÈNE III

LISETTE, *seule.*

M'épier !.. Comment donc (4) ! Ce seroit une chaîne.
Quoy qu'on soit sans reproche, on ne veut rien qui gêne.
Ah ! c'est peu d'être injuste, il ose être importun :
Aux trousses du fâcheux je vais en lâcher un
Qui, s'attachant à luy, saura bien m'en défaire...
Le voicy justement.

---

(1) Textes imprimés : « *Le bonheur du poète était...* ».
(2) *Seul,* dans le manuscrit. C'est, assurément, un lapsus.
(3) Textes imprimés : « *Tout bellement !* ».
(4) Textes imprimés : « *Doucement* ».

SCÈNE IIII

M. FRANCALEU, LISETTE.

FRANCALEU.

Qu'as-tu donc tant à faire
Avec ce cavalier, qui ne semble, chez moi,
S'être impatronisé que pour être avec toi ?

LISETTE.

De tous nos entretiens vous seul êtes la cause.

FRANCALEU.

Voyons un peu le tour qu'elle donne à la chose.

LISETTE.

Tout simple. Le jeune homme entend vanter à tous
Certaine tragédie, en six actes, de vous,
Que l'on dit fort comique (1) et qu'il brûle d'entendre
Sans qu'il sçache par qui ny trop comment s'y prendre.

FRANCALEU.

Et n'a-t-il pas l'amy qui me l'a présenté ?

LISETTE.

Bon ! Monsieur l'Empirée (2) ? Il aura plaisanté,
De caustique et de fat joüé les mauvois rôles
Et parlé de vos vers en pliant les épaules.

FRANCALEU.

J'en croirois quelque chose à son rire moqueur :
Le serpent de l'envie a sifflé dans son cœur.
Oh ! bien, bien, double joye, en ce cas, pour le nôtre.
Je mortifieray l'un, et satisferay l'autre...
L'autre, aussi bien, m'a plû, comme il plaira partout ;
Il a tout-à-fait l'air d'un homme de bon goût.
Et d'ailleurs il me prend dans mon enthousiasme ;
Je suis en train de rire, et veux, malgré mon asme
Luy lire tous mes vers, sans en excepter un.

---

(1) Textes imprimés : « *plaisante* », au lieu de *comique*..
(2) Textes imprimés : « *Monsieur de l'Empyrée* ». *Bon* est supprimé.

LISETTE.

Vous me déférés là d'un terrible importun.

FRANCALEU.

Vas donc me le chercher.

LISETTE.

Faites-en votre affaire,
J'ay l'esprit occupé (1) d'un soin plus nécessaire.
Il faut que je m'habille.

FRANCALEU.

Eh ! pourquoy donc sitôt ?

LISETTE.

Voulant représenter Lucile comme il faut,
J'ôte, dez à présent, mes habits de soubrette,
Pour être, sous les siens, plus libre et moins distraitte.

FRANCALEU.

C'est fort bien avisé ! Vas, je me charge, moy...
Ah ! c'est vous ? Comment va la mémoire ? (2)

SCÈNE V

M. FRANCALEU, M. BALIVEAU

BALIVEAU.

Ma foy !
Quelques raisonnèments que votre goût m'oppose
Je hais bien la démarche où mon neveu m'expose.
Pour s'y résoudre il faut à cet original
Vouloir étrangement et de bien et de mal ;
Enfin, mon rôle est sçû.. Voyons, que faut-il faire ?

FRANCALEU.

Et moy, de mon côté, je songe à votre afaire.
Cependant, soyés gay, débutés seulement,
Et vous serés bientôt de notre sentiment

---

(1) Textes imprimés : « *Je me vais occuper* ».

(2) Dans les textes imprimés la scène commence au vers précédent.
Lisette sort et Baliveau entrant est apostrophé par son ami Francaleu.

De vos talens à peine aurons-nous les prémices
Que nous voulons vous voir un pilier de coulices,
Et, quoique vous disiés, vers un plaisir si doux,
De la force du charme entraîné comme nous.
J'ay vû ce charme en France opérer des miracles ;
Nos palais devenir des salles de spectacles,
Et nos marquis, chaûssant à l'envy l'escarpin,
Représenter Hector, Sganarelle et Crispin.

BALIVEAU.

Il ne manque à cela que de la vraysemblance.
Ce qui soulageroit un peu ma répugnance (1),
C'est le parfait rapport qui, par un cas plaisant,
Se trouve entre mon rôle et mon état présent.
Je représente un père austère et sans faiblesse
Qui d'un fils libertin gourmande la jeunesse,
Le vieillard, à mon gré, parle comme un Caton
· Et je me réjoüis de luy donner le ton.

FRANCALEU.

Celui qui fait le fils s'y prend le mieux du monde.
Car nous ne joüons bien qu'autant qu'on nous seconde;
Tout dépend de l'acteur qu'on mèt vis à vis nous (2).
Si celui-cy venoit répéter avec vous ?

BALIVEAU.

Je voudrois que ce fût déja fait.

FRANCALEU, *appelant.*

                        Holà ! Hée ! (3)
Que l'on aille chercher Monsieur de l'Empirée.
Tenés, voilà par où le jeune homme entrera.
Vous pouvez commencer sitôt qu'il paroîtra.

---

(1) Textes imprimés :
  « Je ne le cache pas, malgré ma répugnance
  Une chose me fait quelque plaisir d'avance. »

(2) Textes imprimés : « *Tout dépend de l'acteur mis vis-à-vis de nous.* »

(3) Le manuscrit porte entre lignes : « *Un valet entre.* » — Après le
vers suivant les imprimés indiquent : « *A Baliveau,* » ce qui est inutile,
puisque le valet ne fait qu'entrer et sortir, en sorte qu'il n'y a sur la
scène que Francaleu et Baliveau. — Notons *hée* avec deux *ée* pour rimer
avec *empirée.*

Faites comme l'on fait aux choses imprévuës ;
Soyés comme quelqu'un qui tomberoit des nuës,
Car c'est l'esprit du rôle, et vous vous souvenés
Que vous vous trouvés, vous et ce fils, nez à nez,
L'instant précis qu'il sort ou d'une académie (1)
Ou de quelque autre lieu que vous voulés qu'il fuye ;
Et qu'à cette rencontre un silence fâcheux
Exprime une surprise égale entre vous deux.
C'est un coup de théâtre admirable ! et j'espère...

SCÈNE VI

M. BALIVEAU, M. FRANCALEU, DAMIS.

FRANCALEU, *à Damis.*

Monsieur, voilà celuy qui fera votre père ;
Il sçait son rôle : allons ! concertés-vous un peu,
Et, tout en vous voyant, commencés votre jeu...

(*Voyant l'étonnement où ils sont tous deux de se voir là*).

A *Baliveau :*

Comment, diable ! à merveille ! à miracle ! courage !
Personne mieux que vous ne jouera du visage (2) !

Au neveu :

Vous avés joüé, vous, la surprise assez bien ;
Mais le rire vous prend, et cela ne vaut rien.
Il faut être interdit, confus, couvert de honte.

BALIVEAU.

Je sens qu'ainsy que luy votre aspect me démonte.

DAMIS, *à Francaleu.*

C'est que, lorsqu'on répète, un tiers est importun.

---

(1) Il s'agit d'une *académie de jeux.*

(2) Textes imprimés : « *Personne ne joûra mieux que vous du visage.* »

FRANCALEU.

Adieu donc ! aussi bien je fais languir quelqu'un...

A *Damis :*

Monsieur l'homme accomply, qui du moins croyés l'être,
Prenés, prenés leçon, car voila votre maître.

(*Embrassant Baliveau*).

Bravo ! bravo ! (1).

SCÈNE VII

BALIVEAU, DAMIS.

BALIVEAU, *à part.*

Morbleu ! le sot évènement !

DAMIS.

Je ne puis revenir de mon étonnement ;
Après un tel prodige on en croira mile autres !
Quoy, mon oncle, c'est vous ? Mon cher oncle est des
[nôtres (2) !
Heureux l'instant, le lieu, l'employ qui nous rejoint !

BALIVEAU.

Raisonnons d'autre chose et ne plaisantons point.
Le hazard a voulu...

DAMIS.

Voicy qui paroît drôle.
Est-ce vous qui parlés ou si c'est votre rôle ?

BALIVEAU.

C'est moy-même qui parle et qui parle à Damis.
Voilà donc ce que fait mon neveu à Paris ?

---

(1) Textes imprimés : « Bravo ! bravo ! bravo ! » Par suite des trois
bravo, le *morbleu* du manuscrit, placé dans la bouche de Baliveau,
n'existe pas dans les textes imprimés.

(2) Textes imprimés :
« *Quoi, mon oncle, c'est vous ? et vous êtes des nôtres ?* »
Au vers suivant il y a transposition des mots *instant* et *lieu* : « Heureux *le lieu, l'instant.* » Piron aura voulu éviter un effet de fausse rime
dans le corps du vers.

Qu'a produit un séjour de si longue durée ?
Que veut dire ce nom : *Monsieur de l'Empirée* ?
Sied-il. dans ton état. d'aller ainsy vêtu ?
Dans quelle compagnie, en quelle école és-tu ?

DAMIS.

Dans la vôtre, mon oncle. Un peu de patience.
Imités-moy. Voyés si je romps le silence
Sur mile questions qu'en vous trouvant icy
Peut-être suis-je en droit d'oser vous faire aussy.
Mais c'est que notre rôle est notre unique afaire,
Et que de nos débats le public n'a que faire.

BALIVEAU, *levant sa canne.*

Coquin, tu te prévaus du contre-tems maudit. .

DAMIS.

Monsieur, ce geste là vous devient interdit,
Nous sommes. vous et moy, membres de comédie ;
Notre corps n'admèt point la méthode hardie
De s'arroger ainsy la pleine autorité (1),
Et l'on ne connoît point, chés nous, de primaûté.

BALIVEAU.

C'est à moy de plier, après mon incartade.

DAMIS.

Répétons donc en paix. Voyons, mon camarade,
Je suis un fils...

BALIVEAU, *à part.*

J'ay ry ; me voila desarmé !

DAMIS

Et vous un père...

BALIVEAU.

Eh ouy, bourreau, tu m'as nommé ;
Je n'ay que trop. pour toy, les entrailles d'un père (2)

---

(1) Il y a là, et dans ce qui suit, des réminiscences de scènes de famille entre Piron le père et son fils Alexis. Par exemple, un jour, comme celui-ci descendait l'escalier, poursuivi par son père irrité. il s'arrête au 6ᵉ degré et, se retournant, il crie à son père : « Il n'y a plus de parenté au 6ᵉ degré ; vous n'avez plus aucun droit sur moi ; etc. »

(2) Textes imprimés : « *des entrailles de père.* »

Et ce fut le seul bien que te laissa mon frère!
Quel usage en fais-tu ? qu'ont servy tous mes soins?

DAMIS.

A me mettre en état de les implorer moins.
Mon oncle, vous avés cultivé mon enfance;
Je ne mets point de borne à ma reconnaissance,
Et c'est pour le prouver que je veux desormais
Commencer par tâcher d'en mettre à vos bienfaits,
Me sufire à moy-même en volant à la gloire
Et chercher la Fortune au Temple de Mémoire.

BALIVEAU.

Où vas-tu la chercher (1)? Ce Temple prétendu,
Pour parler ton jargon, n'est qu'un payis perdu,
Où la Nécessité, de travaux consumée,
Au sein du sot Orgueil se repaît de fumée.
Hé, malheureux, crois-moy, fuis ce terroir ingrat !
Prens un party solide et fais choix d'un état
Qu'ainsy que les talens (2) le bon sens autorise,
Qui te distingue. et non qui te singularise (3),
Où le génie heureux brille avec dignité,
Tel qu'enfin le barreau l'ofre à ta vanité.

DAMIS.

Le barreau !

BALIVEAU.

          Protégeant la veuve et la pupile,
C'est là qu'à l'honorable on peut joindre l'utile,
Sur la gloire et le gain établir sa maison
Et ne devoir qu'à soy sa fortune et son nom.

DAMIS.

Ce mélange de gloire et de gain m'importune:
On doit tout à la gloire (4) et rien à la fortune.

---

(1) Textes imprimés : « *Où la vas-tu chercher ?* »

(2) Textes imprimés : « *Qu'ainsi que le talent* ».

(3) On croit entendre ici la voix du Père d'Alexis morigénant son fils qui persévère dans son dédain d'embrasser un état. Voyez *la préface* de la pièce. — Littré cite ce passage.

(4) Les textes imprimés donnent « *l'honneur* » au lieu de « *la gloire* » qui faisait répétition avec le même mot au vers précédent. — Sur ce que Piron pensait du barreau, voir *la préface.*

Le nourrisson du Pinde, ainsy que le guerrier,
A tout l'or du Pérou préfère un beau laurier.
L'avocat se peut-il égaler au poëte?
De ce dernier la gloire est durable et complette :
Il vit longtems après que l'autre a disparu :
Scarron même l'emporte aujourdhuy sur Patru !
Vous parlés du barreau de la Grèce et de Rome (1)
Lieux propres autrefois à produire un grand homme,
L'antre (2) de la chicane et sa barbare voix
N'y défiguroient pas l'éloquence et les loix.
Que des traces du monstre on purge la tribune ;
J'y monte, et mes talens voués à la fortune (3)
Jusqu'à la prose encor voudront bien déroger ;
Mais l'abus ne pouvant si tôt se corriger (4)
Qu'on me laisse à mon gré, n'aspirant qu'à la gloire,
Des titres du Parnasse annoblir ma mémoire
Et primer dans un art plus au dessus du droit,
Plus grave, plus sensé, plus noble qu'on ne croit.
Le vice éfrontément (5) dans le siècle où nous sommes
Foule aux pieds l'équité, si précieuse aux hommes !
Est-il, pour un esprit solide et généreux,
Une cause plus belle à plaider devant eux ?
Que la Fortune donc me soit mère ou marâtre,
C'en est fait, pour barreau je choisis le théâtre,
Pour client la vertu, pour voix (6) la vérité,
Et pour juge mon siècle et la postérité !

---

(1) Voir ce qu'en dit Fénelon dans sa *Lettre à l'Académie*, où il explique pourquoi, chez les Anciens, un grand homme pouvait se *produire* au barreau.

(2) Au lieu d'*antre* on lit *ancre* (pour *encre*) dans les éditions de 1758 et de 1774; nous penchons pour *encre*, car comment un *antre* peut-il défigurer l'éloquence ? C'est Rigoley de Juvigny qui a cru devoir corriger Piron en imprimant *antre*.

(3) Ne serait-il pas mieux de lire : « voués à l'*infortune* ? » N'est-ce pas en consacrant ses talents à l'infortune que l'avocat fait sa fortune?

(4) Piron avait dit ailleurs :
              « Hélas, déjà je pleins bien
              Les orphelins et les veuves ;
              Le médecin les fera,
              L'avocat les pillera. »

(5) Textes imprimés : « *La fraude impunément.* »

(6) Textes imprimés : « *Pour lois.* »

BALIVEAU.

Hé bien, porte plus haut ton espoir et tes vûës ;
A ces beaux sentimens les dignités sont dûës ;
La moitié de mon bien, remise en ton pouvoir.
Parmis nos sénateurs (1) s'ofre à te faire asseoir
Ton esprit généreux, si la vertu t'est chère,
Si tu prends à sa cause un intérêt sincère,
Ne préférera pas, la croyant en danger,
L'efort de la défendre au droit de la juger.

DAMIS.

Non ; mais d'un si beau droit l'abus est trop facile ;
L'esprit est généreux, mais le cœur est fragile :
Qu'un juge incorruptible est un homme étonnant !
Du guerrier le mérite est sans doute éminent,
Mais presque tout consiste au mépris de la vie,
Et de servir son roy la glorieuse envie,
L'espérance, l'exemple, un je ne sçais quel prix,
L'horreur du mépris même inspire ce mépris ;
Mais avoir à braver le soûrire ou les larmes
D'une solliciteuse aimable et sous les armes,
Tout sensible, tout homme enfin que vous soyés,
Sans oser être émeû, la voir presque à vos pieds,
Jusqu'à la cruauté pousser le stoïcisme,
Je ne me sens point fait pour un tel héroïsme.
De tous nos magistrats la vertu me confond
Et je ne conçois pas comment ces messieurs fond.
Ma vertu (2) donc se borne au mépris des richesses,
A chanter des héros de touttes les espèces,
A saûver, s'il se peut, par mes travaux constants,
Et leurs noms, et le mien des injures du tems.
Infortuné ! je touche à mon cinquième lustre
Sans avoir publié rien qui me rende illustre !
On m'ignore ! et je rampe encore à l'âge heureux
Où Corneille et Racine (3) étoient déjà fameux !

---

(1) *Sénateurs*, c'est-à-dire juges. Ce Baliveau parle comme un Romain ; on voit bien qu'il est *capitoul*. Malheureusement c'étaient les *préteurs* et non les sénateurs, qui jugeaient d'après leurs propres édits.

(2) Textes imprimés : « *La mienne* ».

(3) Corneille avait 23 ans quand sa *Mélite* fut jouée à Paris, en 1629 ; Racine était dans sa 25ᵉ année lorsque l'on représenta sa première tragédie, *la Thébaïde*, 1664.

BALIVEAU.

Quelle étrange manie ! Hé, dis-moy, misérable !
A de si grands esprits te crois-tu comparable ?
Et ne sçais-tu pas bien qu'au métier que tu fais
Il faut ou les ateindre, ou ramper à jamais ?

DAMIS.

Hé bien, voyons le rang que le Destin m'aprête ;
Il ne couronne point ceux que la crainte arrête.
Ces maîtres même avoient les leurs en débutant
Et tout le monde alors put leur en dire autant.

BALIVEAU.

Mais les beautés de l'art ne sont pas infinies !
Tu m'avoûras du moins que ces rares génies,
Outre le don qui fut leur principal apuy,
Moissonoient à leur aise où l'on glâne aujourd'huy.

DAMIS.

Ils ont dit, il est vray, presque tout ce qu'on pense ;
Leurs écrits sont des vols qu'ils nous ont fait d'avance,
Mais le remède est simple : il faut faire comme eux !
Ils nous ont dérobé, dérobons nos neveux,
Et, târissant la source où puise un beau délire,
A la Postérité (1) ne laissons rien à dire !
Un démon triomphant m'élève à cet employ ;
Malheur aux écrivains qui viendront après moy !

BALIVEAU.

Vas, malheur à toy-même, ingrat ! Cours à ta perte !
A qui veut s'égarer la carrière est ouverte.
Indigne du bonheur qui t'étoit préparé,
Rentre dans le néant dont je t'avois tiré !
Mais ne crois pas que prêt à remplir ma vengeance,
Ton châtiment se borne à la seule indigence.
Cette soif de briller où se fixent tes vœux
S'éteindra, mais trop tard, dans des dégoûts afreux !
Vas subir du public les jugemens fantasques ;
D'une cabale aveûgle essuyer les bourasques ;

_____

(1) Textes imprimés : « *A tous nos successeurs* ».

Chercher en vain quelqu'un d'humeur à t'admirer
Et trouver tout le monde actif à censurer! (1)
Vas des auteurs sans nom grossir la foule obscure,
Egayer la satire, et servir de pâture
A je ne ne sçais quel tas de brouillons afamez
Dont les écrits mordans (2) sur les quays sont semez.
Déjà dans les cafez tes projèts se répandent;
Le parodiste oisif et les forains (3) t'attendent.
Vas, après t'être vû sur leur scène avily,
De l'opprobre, avec eux, retomber dans l'oubly!

DAMIS.

Que peut contre le roc une vague animée?
Hercule a-t-il péry sous l'éfort du Pygmée?
L'Olimpe voit en paix fumer le mont Æthna ;
Zoïle contre Homère en vain se déchaîna,
Et la palme du Cid, malgré la même audace (4)
Croît et s'élève encore au sommèt du Parnasse.

BALIVEAU.

Jamais l'extravagance alla-t-elle plus loin ?
Hé bien, tu braveras la honte et le besoin.
Je veux que ton esprit n'en soit que plus rebelle
Et qu'aux siècles futurs ta sotise en apelle ;
Que, de ton vivant même, on admire tes vers ;
Tremble, et vois sous tes pas mile abîmes ouverts!
L'impudence d'autruy va devenir ton crime ;
On mettra sur ton compte un libelle anonime (5).
Poursuivy, condamné, proscript sur ces rumeurs,
A qui veux-tu qu'un homme en apelle ?

DAMIS.

A ses mœurs !

---

(1) A *censurer*, sous entendu *tes écrits*.

(2) L'adjectif *mort-nés* ne serait-il pas préférable ?

(3) Les théâtres de la foire où se jouaient des parodies.

(4) Allusion à la critique du *Cid* par l'Académie :. « *En vain contre le Cid un ministre se ligue*, etc. » (Boileau).

(5) Ce passage fait allusion à Jean-Baptiste Rousseau et quelque peu à Piron lui-même. Voltaire, tout jeune, avait été embastillé pour une chanson satirique dont il n'était pas l'auteur.

BALIVEAU.

A ses mœurs ? Et le monde, en ces sortes d'orages,
Est il instruit des mœurs, ainsy que des ouvrages ?

DAMIS.

Oui ; de mes mœurs bientôt j'instruirai tout Paris.

BALIVEAU.

Et coment, s'il vous plaît ?

DAMIS.

                              Coment ? par mes écrits !
Je veux que la vertu plus que l'esprit y brille (1).
La mère en prescrira la lecture à sa fille ;
Et j'ay, grace à vos soins, le cœur fait de façon
A monter aisément mon esprit (2) sur ce ton.
Sur la scène aujourd'huy mon coup d'essai l'annonce...
Je suis un malheureux ! Mon oncle me renonce...
Je me tais... mais l'erreur est sujète au retour ;
J'espère triompher avant la fin du jour.
Et peut-être la chance alors tournera-t-elle !

BALIVEAU.

Quoy ! vous seriés l'auteur de la pièce nouvelle
Que, ce soir, aux Français, l'on doit représenter ?

DAMIS.

Soyés donc le prémier à m'en féliciter.

BALIVEAU.

Puisque vous le voulés, je vous en félicite.

DAMIS.

J'en augure une heureuse et pleine réussite.

BALIVEAU.

Cependant gardés-vous de dire à Francaleu
Que de son bon amy vous soyés (3) le neveu.

---

(1) Cela ne prouve rien pour les mœurs de l'écrivain. Les Latins ont
dit là-dessus des choses vraies.

(2) Textes imprimés : « *A monter aisément ma lyre.* » -- *Lyre* fait
éviter la répétition du mot *esprit*.

(3) Textes imprimés : « *Vous êtes* ».

DAMIS.

Tout comme il vous plaira; mais je vois avec peine
Que vous ne vouliés pas que je vous appartiène.

BALIVEAU.

J'ay de bonnes raisons pour en agir ainsy.

DAMIS.

J'obéirai, Monsieur.

BALIVEAU.

J'y compte.

DAMIS.

Mais aussy,
Daignant de même entrer dans l'esprit qui m'anime,
Laissés-moi quelque temps jouïr de l'anonime,
Pour goûter du succès les plaisirs plus entiers
Et m'entendre loüer sans rougir.

BALIVEAU.

Volontiers.

(à part)

A demain, scélérat! Si jamais tu rimâilles
Ce ne sera, mortbleu, qu'entre quatre murailles !

SCÈNE   VIII (1)

DAMIS, *seul.*

Il ne veut m'avouer qu'après l'évènement...
Nous nous sommes icy rencontrés plaisament.
La scène est théâtrale, unique, inopinée....
Je voudrois pour beaucoup l'avoir imaginée;
Mon succès seroit seûr... Du moins profitons-en
Et songeons à la coudre à quelque nouveau plan.

---

(1) Par erreur le manuscrit répète ici : « *Scène VII* ». La méprise
continue à la scène suivante qui porte : « *Scène VIII* » etc.

J'en ay plusieurs ; voyons. (*Il cherche dans ses poches*)
                        Où sont donc mes tablettes ?
La perte, pour le coup, seroit des plus complettes !
Tout à l'heure, à la main, je les avois encor...
Ah ! je suis ruiné ! j'ay perdu mon trésor (1) !

SCÈNE IX

DORANTE, DAMIS

DAMIS.

Ah ! monsieur, secourés les Muses atristées !
Mes tablettes, là-bas, dans le bois sont restées.
Suivés-moy ; cherchons-les ; aidons-nous !

DORANTE.

                        Les voilà.

DAMIS.

Je ne puis exprimer le plaisir.

DORANTE.

                        Brisons-là.

DAMIS.

Vous me rendez l'espoir, le repos et la vie !

DORANTE.

Mon dessein n'est pas tel, car je vous signifie
Qu'il faut dans (2) ce logis ne plus vous remontrer,
Et vous faire une affaire, ou n'y jamais rentrer !

---

(1) Textes imprimés, (addition de huit vers) :
    « Nombre de canevas, deux pièces commencées,
    Caractères, portraits, maximes et pensées,
    Dont la plus triviale, en vers alexandrins,
    Au bout d'une tirade eût fait battre des mains !
    Que j'ai regret, surtout, à mon épithalame !
    Hélas ! ma muse au gré de l'espoir qui l'enflamme
    Dans un premier transport venait de l'ébaucher !
    Deux fois du même enfant pourra-t-elle accoucher ? »

(2) Textes imprimés : « *Qu'il faut en ce logis.* »

DAMIS.

L'étrange alternative ! Un ami la propose ?
Ne puis-je, avant d'opter, en demander la cause ?

DORANTE.

Eh ! fy ! l'air ingénu sied mal à votre front,
Et ce doute affecté n'est qu'un nouvel afront.

DAMIS.

C'est la pure franchise ! En vérité j'ignore...

DORANTE.

Quoy, monsieur ? Que Lucile est celle que j'adore ?

DAMIS.

Non. Quand j'ay vû tantôt mes vers entre ses mains .

DORANTE.

Vous m'avés insulté ; c'est de quoy je me plains.

DAMIS.

En quoy donc ?

DORANTE.

C'étoit vous (1) qui les lui faisiés lire.

DAMIS.

Moy ?

DORANTE.

Vous. Plus je soufrois, plus je vous voyois rire.

DAMIS.

De ce qu'inocemment la belle, malgré vous,
Révéloit un secrèt dont vous étiés jaloux.

DORANTE.

Non ; mais de la noirceur de cette ame cruelle
Et du plaisir malin de joüir avec elle
De la confusion d'un rival malheureux
Que vous avés joüé de concert tous les deux.

---

(1) Textes imprimés : « *Oui, c'est vous qui...* »

C'est à quoy votre esprit depuis un mois s'occupe ;
Mais je ne seray pas jusqu'au bout votre dupe ;
Je veux, de mon côté, mettre aussy les railleurs
Et votre épitalame ira servir ailleurs.

DAMIS.

Ah ! ce mot échapé me fait enfin comprendre...

DORANTE.

Songés vîte au party que vous avés à prendre.

DAMIS.

Dorante !

DORANTE.

Vous voudriés (1) temporiser en vain ;
Ou partés tout à l'heure (2) ou l'épée à la main...

DAMIS.

Oposons quelque phlegme aux vapeurs de la bile :
La valéur n'est valeur qu'autant qu'elle est tranquile
Et je vois....

DORANTE.

Oh ! je vois qu'un versificateur
Entend l'art de rimer mieux que le point d'honneur.

DAMIS.

C'en est trop ! A vous-même un mot eût pu vous rendre ;
Je ne le dirois plus, voulûssiés-vous l'entendre.
C'est moy qui, maintenant, vous demande raison...
Cependant on pourroit nous voir de la maison ;
La place pour nous batre icy près est meilleure,
Marchons.

_____

(1) Textes imprimés : « *Vous voulez.* »
(2)   —   —   « *Renoncez à Lucile ou...* »

SCÈNE X

M. FRANCALEU, DORANTE, DAMIS.

FRANCALEU (*prenant Dorante par le bras*)

Hé, venés donc, monsieur ! depuis une heure
Je vous cherche partout pour vous lire mes vers.

DORANTE.

A moy, monsieur ?

FRANCALEU.

A vous.

DAMIS, *à part.*

Autre esprit à l'envers !

FRANCALEU.

Vous désirés, dit-on, ce petit sacrifice *?*

DORANTE.

Et qui m'a, près de vous, rendu ce bon ofice ?

FRANCALEU.

C'est Lysette.

DORANTE, *à Damis.*

C'est vous qu'elle veut servir.

FRANCALEU.

Luy ?
Il voudroit qu'on fût sourd aux ouvrages d'autrui.

DAMIS.

Loin de l'en détourner, c'est moy qui l'y convie.

DORANTE, *à Damis.*

Je lis dans votre cœur et je vois votre envie.

FRANCALEU.

Vous dites bien : l'envie ! Oui. c'est un envieux
Qui voudroit sur luy seul attirer tous les yeux (1).

DAMIS.

Ah ! vous pouvés tous deux à loisir vous complaire !
Lisés, et qu'il admire ; il ne sauroit mieux faire.

DORANTE.

Tu veux (2) m'échaper, mais...

DAMIS.

                    D'autant plus que monsieur
A besoin maintenant d'un peu de belle humeur.

FRANCALEU.

Ah ! quelle humeur qu'il aît, il faudra bien qu'il rie;
Car tout exprès, d'abord (3) je lis ma tragédie.

DAMIS.

Rien ne pouvoit pour luy venir plus à propos.

FRANCALEU.

Pourveû que les fâcheux nous laissent en repos !

---

(1) Ici, addition des vers suivants dans les textes imprimés :

DAMIS.

« Mon ami, par bonheur, est là pour me défendre ;
Tantôt je l'exhortais encore à vous entendre.

DORANTE, bas à Damis.

Vous osez m'attester ?...

DAMIS, bas.

                    Je songe à votre amour ;
Songez, si vous voulez, à faire votre cour.

FRANCALEU.

On me voudrait pourtant assurer du contraire.

DAMIS.

Lisez, et qu'il admire, etc. »

(2) Textes imprimés : — « Tu crois ».

(3)   id.   : — « Et pour cela d'abord ».

DAMIS, *bas à Dorante.*

Dez que vous le pourés, songés à disparoître.
Je vous attens, monsieur (1).

FRANCALEU.

    Vous n'en voulés pas être ?

DORANTE, *à Damis.*

Je ne vous quitte point.

DAMIS, *à Francaleu.*

    Monsieur, excusés-moy,
J'aime, et c'est un état où l'on n'est guère à soy ;
Vous sçavés qu'un amant ne peut rester en place.

DORANTE.

Par la même raison ..

   (Damis sort et Francaleu retient Dorante.)

FRANCALEU (2).

    Laissés, laissés de grace !
Il en veut à ma fille, et je serois charmé
Qu'il parvînt à luy plaire et qu'il en fût aimé.

DORANTE.

Oh parbleu, qu'il vous aime, et vous et vos ouvrages !

FRANCALEU.

Comme si nous avions besoin de ses sufrages !

DORANTE.

Le mien mérite peu que vous vous y teniés.

FRANCALEU.

Je seray trop heureux que vous me le donniés.

---

(1) Textes imprimés : « *Je vous attends* ». Francaleu : « *Et vous*, vous n'en voulez pas être ? »

(2) Malgré le départ de Damis, le manuscrit maintient la scène X*, tandis que les textes imprimés marquent ici *scène XI*.

DORANTE.

Prodiguer pour moy seul le fruit de tant de veilles !

FRANCALEU.

Moins l'assemblée est grande et plus elle a d'oreilles (1)!

DORANTE.

Si vous vouliés, pour luy, diférer un moment ?

FRANCALEU.

Non ! qui satisfait tôt, satisfait doublement.

(Il le lâche et Dorante sort sans que Francileu s'en aperçoive.)

SCÈNE XI.

FRANCALEU *(continuë sans se croire seul).*

Et c'est le moins qu'on doive à votre politesse
D'avoir bien voulu prendre un rôle dans la pièce.
(Il lit) : La mort de Bucéphale...
    (Se retournant) : Où diable est-il ? Comment?
On me fuit ? Ah parbleu, ce sera vainement !
Je cours après mon homme, et s'il faut qu'il m'échape,
Je me crampone après le prémier que j'atrape,
Et, bénévole ou non, dût-il ronfler debout,
L'auditeur entendra ma pièce jusqu'au bout !

---

(1) On se souvient que Piron, assistant à une représentation au théâtre de Beaune, où quelques gens du pays avaient crié : « *Silence ! On n'entend pas !* » Piron se leva et dit très haut : « *Ce n'est pas faute d'oreilles !* » Les Beaunois, ainsi assimilés à des ânes, entrèrent en fureur; ce que voyant, notre métromane s'enfuit pour n'être pas assommé. — Voltaire, de son côté, a lancé ce trait : « Les oreilles des grands sont souvent de grandes oreilles »

ACTE IV

SCÈNE I

MONDOR, LISETTE. *dans un habillement parfaitement semblable à celuy de Lucile*

MONDOR (1).

Je n'osois t'aborder, vous prenant pour Lucile ;
Tes habits, même encore, embarassent mon stile,
Et tantôt familier. tantôt respectueux...
Mais, parlons du combat ; sommes-nous courageux ?

---

(1) Cette scène a été remaniée et fort étendue. La voici d'après les textes imprimés où ne se trouvent pas les 4 vers que dit ici Mondor. La scène commence ainsi :

MONDOR.

« A quoi bon, dans le parc, ainsi tourner sans cesse,
Pirouetter, courir, voltiger?

LISETTE.

Mondor !

MONDOR.

Qu'est-ce ?

LISETTE.

Tu ne voyais pas ?

MONDOR.

Quoi ?

LISETTE.

Qu'on nous épiait ?

MONDOR.

Quand ?

LISETTE.

Le voilà bien sot !

MONDOR.

Qui ?

LISETTE.

Ton maître a galamment soutenu cette affaire;
Ceux qui l'ont séparé d'avec son adversaire
Disent qu'il s'y prenoit en brave cavalier,
Et, pour un bel esprit, qu'il est franc du colier.

MONDOR.

Il n'est sorte de gloire à laquelle il ne courre;
Le bel esprit en nous n'exclud pas la bravoûre!

LISETTE.

Le trait certe est piquant !

MONDOR.

Quel ?

LISETTE

Quel ? Qu'est-ce ? Quoi ? Quand ? Qui ? L'amant de Lucile
Que son mauvais démon ne peut laisser tranquille ;
Dorante !

MONDOR.

Hé bien! Dorante ?

LISETTE.

Il nous a vus, de loin,
Ainsi que tu croyais m'aborder sans témoin.
Sous ce nouvel habit, du bout de l'avenue,
Qu'il ait cru voir Lucile, ou qu'il m'ait reconnue,
Près de toi, l'un vaut l'autre ; et surtout son destin
Semblant te mettre exprès une lettre à la main.
Nous entrons dans le parc ; il nous guette, il pétille ;
Il se glisse et nous suit du long de la charmille.
Moi qui, du coin de l'œil, observe tous ses tours,
Je me laisse entrevoir, et disparais toujours.
Dieu sait si le cerveau de plus en plus lui tinte!
Tant qu'enfin je le plante au fond du labyrinte
Où le pauvre jaloux. pour longtemps en défaut,
Peste et jure, je crois, maintenant comme il faut !
Je ferais encor pis, si je pouvais pis faire!
De ces cœurs défiants l'espèce atrabilaire
Ressemble, je le vois, aux chevaux ombrageux :
Il faut les aguerrir pour venir à bout d'eux.

MONDOR.

Oh ! parbleu ! ce n'est pas le faible de mon maître !
Au contraire, il se livre aux gens sans les connaitre,
Et présume assez bien de soi-même et d'autrui
Pour se croire adoré, sans que l'on songe à lui !
Du reste, sait-il bien se tirer d'une affaire ?

LISETTE

Ceux qui l'ont séparé d'avec son adversaire. .»

D'ailleurs ne dit-on pas : telles gens, tel patron ?
Et dez que je le sers, peut-il être un poltron ?

LISETTE.

Voila donc cet amour dont j'étois ignorante,
Et que j'ay crû toujours un rêve de Dorante ?

MONDOR.

Mon maître ne dit mot; mais, à la vérité,
Ce combat-là tient bien de la rivalité.
En ce cas mon adresse a tout fait.

LISETTE.

           Ton adresse?

MONDOR

Oui, j'ay de sa conquête honoré ta maîtresse.
Celle qu'il recherchoit ne me convenant pas,
De Lucile. à propos, j'ay vanté les appas,
Luy conseillant d'avoir souvent les yeux sur elle
Et de mettre un peu l'une et l'autre en parallelle :
Il paroît qu'il n'a pas dédaigné (1) mes avis.

LISETTE.

Il se repentiroit de les avoir suivis !
Envers et contre tous je protège Dorante.

MONDOR.

Gageons que, malgré toy, mon maître le suplante ?
Car, étant né poëte au suprême degré,
Lucile va dabord le trouver à son gré.
Monsieur de Francaleu déjà l'aime et l'estime ;
Du père de Dorante il n'est pas moins l'intime,
Et je porte un billet à ce père addressé
Qu'après s'être batu, sur l'heure il a tracé.
Sçachant des deux vieillards la mésintelligence,
Il mande à celui-cy, selon toutte apparence,
De rappeler son fils qui fait icy l'amour,
Et dont l'entêtement croîtroit de jour en jour.

---

(1) Textes imprimés : « *il n'a pas négligé* ».

Il le va là-dessus trouver (1) impitoyable.
S'il aime enfin Lucile, ainsy qu'il est croyable,
Prens de mes almanacs et tiens pour assuré
Que le bonheur de l'autre est fort avanturé.

LISETTE.

Mais cet autre, avec qui je suis de connivence,
A pris, depuis un mois, heureusement (2) l'avance!
J'ai vû pâlir Lucile au récit du combat;
D'une tendre frayeur le cœur encor luy bat.
Lucile s'est émue, et c'est pour luy. te dis-je.
Il a visiblement tout l'honneur du prodige!
Depuis même ils se sont entretenus longtems;
Je viens de les laisser (3) l'un de l'autre contens.
Et je ne suis pas fille à négliger peut-être
Le succès d'un amour qu'en l'un d'eux j'ay fait naître.
Tu gages pour ton maître. et moy, je te répons
Qu'avant la fin du jour l'autre le coule à fonds (4).

MONDOR.

La barque est à l'abri des fureurs de Neptune (5).
Songe donc qu'elle porte un poëte (6) et sa fortune!
Telle gloire le peut couronner aujourd'huy
Qui mettroit père et fille à genoux devant luy!
De ce coup décisif l'instant fatal approche
Et je perds des moments que l'honneur me reproche (7).
Adieu, que devant nous tout s'abaîsse en ce jour,
Et que tous nos rivaux tremblent à mon retour.

---

(1) Textes imprimés : « *Il saura là-dessus le rendre impitoyable* ».

(2) Textes imprimés . « *Terriblement* ».

(3) Textes imprimés : « *Et s'étaient séparés* ». Ce'te modification du vers était devenue nécessaire par suite du début de la scène si profondément remaniée.

(4) Ces quatre derniers vers sont ainsi dans les textes imprimés :
> « Lorsque dans cet esprit soupçonneux à la rage,
> Ma présence équivoque a ramené l'orage ;
> Mais le calme ne tient qu'à l'éclaircissement,
> Et coulera ton maître à fond dans le moment ! »

(5) Textes exprimés : « *Je réponds de la barque, en dépit de Neptune* ».

(6) *Poëte*, ici, n'est que de deux syllabes.

(7) Textes imprimés : « *L'amour m'arrache un temps que l'honneur,* etc. »

SCÈNE II

LISETTE, *seule.*

« *Telle gloire le peul couronner!* » J'ay beau dire,
Dorante pourroit bien avoir icy du pire !
Faisons la guerre à l'œil, et mettous-nous au fait
De ce coup qui doit faire un si terrible effet !

SCÈNE III

M. FRANCALEU, DAMIS, LISETTE.

FRANCALEU, *prenant Lisette pour Lucile.*

Lucile, redoublés de fierté pour Dorante ;
Vous n'êtes pas encore assés indiférente.
Vous soufrés qu'il vous parle (1), et je défends cela
Tout net ! Entendez-vous, ma fille ?

LISETTE.
                    Oui, mon père.

FRANCALEU, *reconnaissant Lisette.*

                                        Ha !
C'est toy. Lisette ?

LISETTE.
              Hé bien : ay-je tenu parole (2) ?
Luy ressemblé-je assés ? Joûray-je bien son rôle ?
L'œil du père s'y trompe, et je conclus d'icy
Que bien d'autres tantôt s'y tromperont aussy.

FRANCALEU, *à Damis.*

Admirés, en effet, comme elle luy ressemble !

LISETTE.
Quand commencera-t-on ?

---

(1) Réminiscence ; v. *Athalie*, acte 3.
(2) Textes exprimés : « *Eh bien, c'est moi ; je tiens parole.* »

FRANCALEU.

Tout à l'heure, on s'assemble.
Cependant vas chercher ta maîtresse, et l'instruis
Des dispositions où tu vois que je suis.
Si j'eus une raison, maintenant j'en ay trente
Qui doivent à jamais disgrâcier Dorante.

SCÈNE IV

M. FRANCALEU, DAMIS.

FRANCALEU *continue*.

La coquine le sert indubitablement,
Et m'en a sur son compte imposé doublement.
Sur quoy donc, s'il vous plaît, vous a-t-il fait querelle ?

DAMIS.

Sur un malentendu, pour une bagatelle.

FRANCALEU.

Ce procédé l'exclud du rang de vos amis ?

DAMIS.

Quelque ressentiment pourroit m'être permis,
Mais je suis sans rancune et ce qui se prépare
Doit (1) me vanger assés de cet esprit bizâre.

FRANCALEU.

Pour moy ce que j'aprens luy fait bien moins d'honneur
(2).

DAMIS.

Quoy donc ?

FRANCALEU.

Qu'il est le fils d'un maudit chicaneur
Qui, n'écoutant prière, avis, ny remontrance,
Depuis dix ou douze ans me plaide à toute outrance.

---

(1) Textes imprimés : « Va ».

(2) — « *Ce que j'apprends encor lui fait bien moins d'honneur* ».

Des sottises d'un père. un fils n'est pas garand (1).
Mais le tort que me fait ce plaideur est si grand
Que je puis, à bon droit. haïr jusqu'à sa race.
Ce procès me ruine en sotte paperasse,
Et sans le tems, les pas et les soins qu'il y faut,
J'aurois été poëte onze ou douze ans plus tôt
Sont ce là, dites-moy, des pertes réparables?

DAMIS.

Le dommage est vraîment des plus considérables.
Il faut que le public intervienne au procès,
Et concluë, avec vous, à de gros intérêts !
Et Dorante n'a-t-il contre luy que son père?

FRANCALEU.

Pardonnés-moy, monsieur. il a son caractère.
Je luy croyois du goût. de l'esprit. du bon sens ;
Ce n'est qu'un étourdy ; cela tourne à tous vents !
Cervelle évaporée, esprit jeune et frivole
Que vous croyés tenir au moment qu'il s'envole,
Qui me choque, en un mot, et qui me choque au point
Que chez moy, sans ma pièce. il ne resteroit point.
Mais il le faut avoir si je veux qu'on la jouë,
Et voilà trop de fois que mon spectacle échouë !
A propos, ce bonhomme avec qui vous joüés
Plaît-il ? que vous en semble ? excellent ! avoués ?

DAMIS.

Admirable !

FRANCALEU.

                A-t-il l'air d'un père qui querelle ?
Hein ! comme sa surprise a paru naturelle ?

DAMIS.

Attendés à juger de ce qu'il peut valoir
Que vous en ayés vu ce que je viens d'en voir :
Il est original en ces sortes de rôle.

_____

(1) Ce vers serait beaucoup mieux dans la bouche du généreux Damis
que dans celle de Francaleu.

FRANCALEU.

Pour un mois, avec nous, il faut que je l'enrôle.

DAMIS.

De l'humeur dont il est, j'admire seulement
Qu'il daigne se prêter à nous pour un moment.

FRANCALEU.

C'est que je l'ay flatté du succès d'une affaire.
Tirons-en donc party tandis qu'à nous complaire
Et qu'à nous ménager il a quelque intérêt.

DAMIS.

La troupe ne sauroit faire un meilleur acquêt.

FRANCALEU.

Si vous le souhaittés, c'est une affaire faite.

DAMIS.

Personne plus que moy, monsieur, ne le souhaite.

FRANCALEU.

Et personne, monsieur, n'y peut mieux réussir,

DAMIS.

Que moy ?

FRANCALEU.

Que vous.

DAMIS.

Par où? Daignés m'en éclaircir.

FRANCALEU.

Vous pouvés, à la cour, lui rendre un bon ofice.

DAMIS.

Plût au ciel ! il n'est rien que pour vous (1) je ne fisse !

_____

(4) Textes imprimés : « *pour lui*. »

FRANCALEU.

Vous êtes bien venu des ministres !

DAMIS.
                              Un fat
Avoûroit que la cour fait de lui quelque état ;
Et passant du mensonge à la sottise extrême,
En le faisant accroire, il le croiroit luy-même.
Mais je n'aime à tromper ny les autres ny moi.
Un poëte à la cour est de bien mince aloy !
Des superfluités il est la plus futile.
On court au nécessaire, on y songe à l'utile :
Ou si, vers l'agréable, on panche quelquefois,
Nous sommes éclypséz par le moindre minois.
Et là, comme autre part, les sens entraînant l'homme,
Minerve est éconduite et Vénus a la pomme ;
Ainsy je n'oserois vous promettre aujourd'hui (1)
Sur un crédit si foible (2) un bien solide apui.

FRANCALEU.

Ma parole, en ce cas, sera donc mal gardée,
Car j'ay compté (3) sur vous quand je l'ay hazardée.

DAMIS.

Hé, de quoy s'agit-il encor? voyons un peu ?

FRANCALEU.

Il veut faire enfermer un fripon de neveu,
Un libertin, qui s'est atiré sa disgrace
En ne faisant rien moins que ce qu'on veut qu'il fasse.

DAMIS.

Oh ! je le servirai, si ce n'est que cela,
Et mon peu de crédit ira bien jusque-là !

---

(1) Textes imprimés : « *vous promettre pour lui.* »
(2)   —   : « *si frêle.* »
(3)   —   : « *Car je comptais.* »

FRANCALEU.

Non, non, laissés ; parbleu ! j'admire ma sotise.

DAMIS.

Quoy donc ?

FRANCALEU.

J'en vais charger quelqu'un dont je m'avise.

DAMIS.

Ah ! gardés-vous-en bien, s'il vous plaît !

FRANCALEU.

Eh pourquoi ?

DAMIS.

Quand je vous dis qu'on peut s'en reposer sur moi.

FRANCALEU.

C'est qu'avec celui-cy l'affaire ira plus vite.

DAMIS.

Je serois très-fâché qu'il en eût le mérite.

FRANCALEU.

Songés donc que ce soir il aura mon billèt,
Et que demain j'aurai (1) la lettre de cachèt.

DAMIS.

Mon Dieu ! laissés-moy faire ; ayés cette indulgence !

FRANCALEU.

Mais vous ne ferés pas la même diligence ?

---

(1) Textes imprimés : « Et que j'aurai demain. »

DAMIS.

Plus grande encor !

FRANCALEU.

Oh ! non !

DAMIS

Que dirés-vous pourtant
Si votre homme ce soir, ce soir même, est content ?

FRANCALEU.

Ce soir ? Ah ! sur ce pied, je n'ay plus rien à dire.
Mais comment ce tems-là pourra-t-il vous sufire ?

DAMIS.

Je ne vous promèts rien par delà mon pouvoir.

FRANCALEU.

Vous promettés pourtant beaucoup.

DAMIS.

Vous allés voir...
Mais, monsieur, on dirait, à cette ardeur extrême,
Qu'à ce pauvre neveu vous en voulés vous-même ?

FRANCALEU.

Sans doute ; et j'ay raison. L'oncle me fait pitié !
Et tout mauvais sujèt mérite inimitié !
Tenés, j'ay toujours eû l'amour de l'ordre en tête.
Vous menés, par exemple, un train de vie honnête,
Vous ; cela fait plaisir, mais n'étonnera pas ;
Car vous me fréquentés et vous suivés mes pas.
Des travers du jeune homme un fou sera la cause.
Aussy l'ordre du roi, pour le bien de la chose,
Devroit faire enfermer avec le libertin
Tel chés qui l'òn saura qu'il est soir et matin...
Vous riés ? Mais je parle en père de famille.

SCÈNE V

FRANCALEU, DAMIS, LISETTE

FRANCALEU.

Que viens-tu m'annoncer ?

LISETTE.

Que je me déshabille.

FRANCALEU.

Quoy ? la pièce ..

LISETTE.

Est au croc une seconde fois.

FRANCALEU.

Faute d'acteurs ?

LISETTE.

Tantôt il n'en manquoit que trois ;
Mais, ma foy, maintenant c'est bien une autre histoire.

FRANCALEU.

Comment (1) ?

LISETTE.

Vous n'avés plus d'acteurs ny d'auditoire.

FRANCALEU.

Que dis-tu ?

LISETTE.

Tout défile et vole vers Paris.

FRANCALEU

Désertion totale ?

LISETTE.

Oui, pour avoir apris
Que, ce soir, on y jouë une pièce nouvelle
Dont le titre les pique et les mèt en cervelle.

---

(1) Textes imprimés : « *Quoi donc ?* » N'y a-t-il pas un peu trop de *quoi* et de *quoi donc* dans la pièce ? N'eût-il pas mieux valu laisser *comment ?*

FRANCALEU.

Ah ! j'en suis !

LISETTE.

L'heure presse, et tous ont décampé
Comptant se retrouver icy pour le soupé.

DAMIS.

Quelle rage ! à quoi bon cette brusque sortie ?
Comme s'ils n'eûssent pû remettre la partie !

FRANCALEU.

Non. Le sort d'une pièce est-il en notre main ?
Nous en voyons mourir du jour (1) au lendemain.
Celle-cy peut n'avoir qu'une heure ou deux à vivre.
Si nous la voulons voir songeons donc à les suivre ;
Venés.

DAMIS

J'augure mieux de la pièce que vous.
D'ailleurs ce qui se vient de conclure entre nous,
De soins très sérieux remplira ma soirée.

FRANCALEU.

Adieu donc ; demeurés, monsieur de l'Empirée !
Votre refus fait place à monsieur Baliveau,
Qui, dans l'art du théâtre étant encor nouveau,
Ne sera pas fâché qu'on le mène à l'école.
Qui plus est, son neveu l'occupe et le désole,
Et la pièce nouvelle est un amusement
Qui poura le lui faire oublier un moment.

SCÈNE VI

DAMIS, LISETTE.

DAMIS, *à part.*

Oui-dà, c'est bien s'y prendre !

---

(1) Textes imprimés : « *du soir.* »

LISETTE, *bas.*

                       Un peu de hardiesse !
Cet homme-cy, je crois, est l'auteur de la pièce.
Faisons qu'il se trahisse ; il en est un moyen...
    (*Haut*).
Vous risqués, en tardant de ne trouver plus rien.
Monsieur raisonne (1) juste et votre attente est vaine,
Car la pièce est mauvaise et sa chûte est certaine.

DAMIS.

Certaine ?

LISETTE.

    Oui, cet arêt dût-il vous chagriner.

DAMIS.

Mademoiselle a donc le don de deviner ?

LISETTE.

Non, mais c'est ce que mande un connaisseur en titre
Dont le goût n'a jamais erré sur ce chapitre.

DAMIS.

Hé, ce grand connoisseur dont le goût est si fin...

LISETTE.

Ne croit pas que la pièce aille jusqu'à la fin.

DAMIS.

Je voudrois bien savoir sur quelle conjecture ?

LISETTE.

Sur ce qu'hyer, chez luy, l'auteur en fit lecture.

DAMIS.

Chez luy ? l'auteur ? hyer ?

---

(1) Textes imprimés : « *raisonnait.* »

LISETTE.

Oui... Qu'a donc ce discours...

DAMIS.

Je ne suis pas sorty d'icy depuis huit jours!

LISETTE, *à part.*

Je le tiens!

DAMIS.

C'est Alcipe, oh! c'est lui! je le gage!
Nouvelliste effronté, sufisant personnage,
Qui raisonne au hazard de nous et de nos vers,
Et, pour ou contre nous, prévient tout l'univers.
Cela sçait ses foyers, sa ville, ses provinces,
Ses intrigues de cour, son cabinet des princes,
Pèze ou règle à son gré les plus grands intérêts,
Et croit ses visions d'immuables arrêts!
Présent, passé, futur, tout est de sa portée!
Le livre du destin (1) s'emplit sous sa dictée :
Rien ne doit arriver que ce qu'il a prédit;
Et l'évènement seul toujours le contredit...
Et n'a-t-il pas poussé l'impertinence extrême
Jusqu'à nommer l'auteur?

LISETTE.

Non, Monsieur, c'est vous-même
Qui venés de tout dire et de vous déceler.
Alcipe en tout ceci n'a rien à démêler.
Moi seule, je mentois; et je m'en remercie,
Veù le plaisir que j'ay de me voir éclaircie!

DAMIS.

Lisette?

LISETTE.

Hé bien?

DAMIS.

De grâce!... Etourdi que je suis!

---

(1) Textes imprimés: « *Le livre des destins.* »

LISETTE.

Que voulez-vous de moi?

DAMIS.

Du secrèt!

LISETTE.

Je ne puis.

DAMIS.

Quelques jours seulement.

LISETTE.

Cela n'est pas possible.

DAMIS.

Eh! ne me faites pas ce déplaisir sensible!
Laissés-moy recevoir un encens qui soit pur
En cas de réussite, ainsy que j'en suis seûr.

LISETTE.

J'imagine un marché d'une espèce plaisante! (1).
D'un secret tout entier la charge est trop pesante.
Partageons celui-cy par la belle moitié.
Tenés, si vous tombés, je parle sans pitié;
Si vous réussissés, je promèts (2) de me taire.
Voilà, pour vous servir, tout ce que je puis faire.

DAMIS.

Et je n'en veux pas plus, car je réussirai.

LISETTE.

Oh! bien, en ce cas-là, monsieur, je me tairai.

(Dorante écoute et voit sans être vu).

----

(1) Textes imprimés : « *dont l'espèce est plaisante* ». Cette correction n'est pas des plus heureuse, puisque le vers suivant finit par la même coupe : « *La charge est trop pesante* ».

(2) Textes imprimés : « *Je consens à me taire.* »

DAMIS.

Avec cette promesse où mon espoir se fonde,
Je vous laisse et m'en vais le plus content du monde.

SCÈNE VII

DORANTE, LISETTE, *apercevant Dorante.*

LISETTE, *à part.*

Le jaloux nous surprend ; le voilà furieux,
Car je passe, à coup sûr, pour Lucile à ses yeux.

DORANTE (1).

Il sort, plein d'un espoir fondé sur vos promesses
Et moy, je sors honteux de vos propres foiblesses.
Adieu, Lucile, adieu ! Ne vous flattés jamais
Que je vous aye aimée autant que je vous hais !

LISETTE.

Donnons-nous à notre aise icy la comédie ;
Car il va revenir.

---

(1) Textes imprimés :

DORANTE.

« *Avec cette promesse où mon espoir se fonde,*
Je vous laisse et m'en vais le plus content du monde. »
Madame, on n'aura pas de peine à concevoir
Quelle était la promesse et quel est cet espoir ;
Mais ce que l'on aurait de la peine à comprendre,
C'est que cette promesse et si douce, et si tendre,
Reçue à la même heure et presque au même lieu,
Mot à mot dans ma bouche ait mis le même adieu.
Il faut vous en faire un de plus longue durée
Et dont vous vous teniez un peu moins honorée...
Adieu, madame, adieu, etc. »

DORANTE, *revenant.*

Ah ! quelle perfidie (1) !
Me jouer à cet âge, et passer (2), sans égard,
Des mains de la Nature à ce comble de l'art (3) !
M'avoir peint ce rival comme le moins à craindre !
M'avoir persuadé presqu'au point de le plaindre !
Qu'avés-vous prétendu par cette trahison ?
Pourquoy d'un vain espoir y mêler (4) le poison ?
Me venir étaler d'obligeantes alarmes ?
Me dire, en paroissant prête à verser des larmes :
« *Dorante, ou je fléchis mon père, ou de mes jours*
« *A l'azile où j'étois je consacre le cours* ».
Ainsy donc pour un autre en secrèt allarmée (5)
Vous reteniés ma main, malgré moi desarmée
Et vouliés rallentir, du moins pour quelque instant,
La vengeance où je cours, perfide, en vous quittant.
Oui, j'y vole ! On ne l'a tantôt que diférée,
Et ma rage, à vos yeux, l'auroit déjà tirée ;
J'attaquois de nouveau (6) le traître en arrivant
Si je n'eûsse voulu joüir auparavant

---

(1) Textes imprimés : « *Monstre de perfidie.* »

(2) Textes imprimés : « *Pouvoir ainsi passer, d'abord et sans égard.* »

(3) Ne croirait-on pas, ici, entendre J.-J. Rousseau ?

(4) Textes imprimés : « *Pourquoi, d'un vain espoir, y mêlant le poison,*
Me venir, etc »

(5) Au lieu de ces 4 vers les textes imprimés donnent les 12 vers suivants :

« Quels étaient vos desseins ? Répondez-moi, cruelle ?
Ne les dois-je imputer qu'à l'orgueil d'une belle
Qui, jalouse des droits d'un éclat peu commun,
Veut gagner tous les cœurs et ne pas en perdre un ?
Ce reproche fût-il le seul que j'eusse à faire !
Mais, hélas, malgré moi, la vérité m'éclaire !
Ce rival, dès longtemps, est le rival aimé.
C'est pour lui que j'ai vu votre front alarmé ;
Et quand vous me disiez que j'en étais la cause,
Quand vous me promettiez bien plus que l'amour n'ose,
C'est que de votre amant vous protégiez les jours
Et vouliez ralentir la vengeance où je cours.
Oui, j'y vole, etc. »

(6) Textes imprimés : « *devant vous* », au lieu de « *de nouveau.* »

De la confusion qui vous ferme la bouche !
Que ma plainte à présent vous révolte ou vous touche,
Repentés-vous, ou non, de m'avoir outragé,
Vous ne me verrés plus que mort ou que vangé !

LISETTE.

Dorante !

DORANTE, à part.

Je m'arrête au cry de l'infidèle !
Elle tremble, il est vray, mais pour qui tremble-t-elle ?
N'importe ! Je l'adore ; écoutons-la... Parlés...
Je veux encor, je veux tout ce que vous voulés (1).
Faut-il à vos frayeurs immoler ma colère ?
Vous me haïssés ?

LISETTE.

Non.

DORANTE.

Un autre a sçu vous plaire ?

LISETTE.

Hé non !

---

(1) A partir de ce vers les textes sont autres :
« Rejetons le passé sur l'inexpérience
Et redemandez-moi toute ma confiance,
Un regard, un seul mot n'a qu'à vous échapper :
Mon cœur vous aidera lui-même à me tromper.
Ah ! Lucile ! ai-je pu sitôt perdre le vôtre !
Vous me haïssez ?

LUCILE.

Non.

DORANTE.

Vous en aimez un autre ?

LUCILE.

Eh, non !

DORANTE.

Vous m'aimez donc ?

DORANTE.

Puis-je y prétendre?

LISETTE.

Oui.

DORANTE.

M'y fîray-je?

LISETTE.

Hélas!

DORANTE.

Hé bien! je n'en veux plus douter! Ne sçais-je pas
Que l'infidélité, surtout dans la jeunesse,
Souvent est moins un crime au fond qu'une foiblesse
Dont l'épreuve ne sert qu'à mieux en détourner (1)
Quand l'époux ou l'amant savent la pardonner (2).
Je vous pardonne donc, et même vous excuse.
Lisette est contre moy ; Lisette vous abuse ;
Ce sont icy des coups qu'elle seule a conduits ;
Elle seule me met en l'état où je suis (3).

LISETTE.

Il est vray.

DORANTE.

C'est assés ! Mon âme satisfaite...

(Dorante se jette à ses genoux).

---

(1) Textes imprimés : « *Qui peut servir ensuite à vous en détourner.* »

(2)   id.   « *Lorsque la nôtre va jusqu'à vous pardonner.*»

(3)   id.   « *C'est elle qui me met dans l'état où je suis.*»

SCÈNE VIII

LUCILE, DORANTE, LISETTE

LUCILE.

Veillé-je ou non ? Dorante aux genoux de Lisette !

LISETTE.

Luy-même, et qui me fait fort joliment sa cour (4).

DORANTE.

Son travestissement faisoit à mon amour
Commettre, je l'avouë, une étrange bévuë !

LISETTE.

Madame, vous plaît-il que je vous restituë
Les fleurettes qu'avant d'embrasser mes genoux
Monsieur me débitoit croyant parler à vous ?
N'en déplaise à l'amour, si doux dans ses peintures,
Je vous restituërois un beau torrent d'injures !

DORANTE.

Eh! quel autre à ma place eût pû se contenir?

LISETTE.

Je vous devois cela, monsieur, pour vous punir.

---

(1) Dans les textes imprimés, Lisette continue en s'adressant, d'abord à Dorante :

« On vous prend sur le fait, monsieur, à votre tour.

(à Lucile).

« Songez à bien jouer le rôle que je quitte.

(à Dorante).

« Car vous nous voyez deux que votre faute irrite.
« Enfin, concevez-vous combien vous vous trompiez.

DORANTE, à Lucile.

Je croyais, en effet, madame, être à vos pieds.
Son habit m'a fait faire une lourde bévue.

LUCILE.

Hé quoy, Dorante, après mile et mile assurances
Qui, tout à l'heure encor, passoient vos espérances,
Le reproche et l'injure aigrissoient vos discours
Et sur un ton plaintif on vous trouve toujours?

DORANTE.

Avant que sur ce ton vous le preniés vous-même,
Vous qui sçavés, madame, à quel point je vous aime,
Instruisés-vous de grâce (1), après quoy décidés
Si mes soupçons jaloux n'étoient pas bien fondés.
Je surprends mon rival....

LUCILE, *l'interrompant.*

Ouy, j'ay tort de me plaindre.
Ma faiblesse, en effet, autorise à tout craindre,
Et l'aveu que j'ay fait, trop naïf et trop promt,
De votre défiance a mérité l'afront (2).

DORANTE.

Mais ayés la bonté...

---

(1) Textes imprimés : « *Souffrez qu'on vous instruise.* »
(2) Ici, les textes offrent une addition des 16 vers suivants :
     « Mais vous trouverez bon qu'en me faisant justice,
     Cette justice même aussi nous désunisse,
     Et rompe entre nous deux un nœud mal assorti,
     Dont jamais on ne s'est assez tôt repenti !

DORANTE.

Entendons-nous, de grâce ! Encore un coup, Madame,
Bien loin qu'en tout ceci je mérite aucun blâme,
Croyez si j'eusse pu ne me pas alarmer
Que je ne serais pas digne de vous aimer.
Devais-je voir en paix ?...

LUCILE, *l'interrompant.*

Depuis quand, je vous prie,
N'est-on digne d'aimer qu'autant qu'on se défie?
Ainsi l'amour jamais doit n'être satisfait,
Et le plus soupçonneux est donc le plus parfait?
Vos vers m'en avaient fait tout une autre peinture !...
Juste sujet pour moi de crainte et de rupture :
J'aime trop mon repos pour le perdre à ce prix,
Et ne jugerai plus des gens par leurs écrits. »

LUCILE, *l'interrompant.*

Ma bonté m'a trahie !
Vous feriés, je le vois, le malheur de ma vie.
Je ne recueillerois de mes soins les plus doux
Que l'éclat scandaleux des fureurs d'un jaloux.
Que n'ay-je conservé. prévoyante et soumise,
L'insensibilité que je m'étois promise !
Lisette, je t'ay crüe, et toy seule tu m'as...

LISETTE, *à Dorante.*

N'avés-vous point de honte ?

DORANTE.

Eh ! ne m'accable pas !
Tu sçais mon innocence ? — Appaisés vos alarmes,
Lucile ! Retenés ces précieuses larmes !
C'est mon injuste amour qui les a fait couler ;
C'est luy qui, toutefois, pour moy, doit vous parler.
L'amour est défiant, quand l'amour est extrême.

LUCILE

S'il se faut quelquefois défier quand on aime,
C'est de tout ce qui peut, dans le cœur allarmé,
Soulever des soupçons contre l'objet aimé.
Je tiens, vous le sçavés. cette sage maxime
De ces vers qui vous ont mérité mon estime,
De votre propre idile, ouvrage séducteur,
Où votre esprit se montre et non pas votre cœur.

DORANTE.

Ny l'un, ny l'autre ! Il faut qu'enfin je le confesse,
Madame, et que je cède au remords qui me presse.
Du moins vous concevrés, après un tel aveu,
Pourquoy tout mon bonheur me rassure si peu (1).
C'est que je n'en jouis qu'à titre illégitime ;
C'est que tous ces écrits, source de votre estime,
Vous venoient par mes soins, mais ne sont pas de moy.

---

(1) Textes imprimés : « *me rassurait si peu* ».

LUCILE.

Ils ne sont pas de vous?

DORANTE.

Non.

LISETTE.

Le sot homme!

LUCILE.

Quoy?

DORANTE

Laissant lire, il est vray, dans le fond de mon ame,
J'inspirois le poëte en lui peignant ma flamme;
Que son art, à mon gré, s'y prenoit foiblement,
Et que le bel esprit est loin du sentiment!
Mais cet art vous amuse; il a fallu vous plaire,
Laisser dire des riens, sentir mieux et se taire.
N'est-ce donc qu'à l'esprit que votre cœur est dû?
Et ma sincérité m'auroit-elle perdu?

LUCILE.

Votre sincérité mérite qu'on vous aime,
Dorante : aussi pour vous suis-je toujours la même.
Tel est enfin l'éfet de ces vers que j'ay lûs :
J'étois indiférente, et je ne le suis plus;
Et je sens que sans vous je le serois encore.

DORANTE.

Vous ne vous plaindrés plus d'un cœur qui vous adore,
Où vous établissés la paix et le bonheur,
Et qui commence enfin d'en gouter la douceur.

LISETTE.

Trêve de beaux discours! Il est tems que j'y pense :
De par monsieur expresse et nouvelle défense
De soufrir que jamais vous osiés nous parler.

DORANTE.

Il aura sçu mon nom!

LUCILE *à Lisette*.

Ah ! tu me fais trembler !

LISETTE.

Et même icy quelqu'un peut-être nous épie ;
Séparés-vous ! Rentrés, madame, je vous prie,
Nous allons concerter un projet (1) important.

DORANTE *à Lucile*.

Rassurés-moy d'un mot encore, en me quittant,
Ou déjà mon espoir est tout prêt à s'éteindre.

LUCILE.

De vos rivaux, du moins, vous n'avés rien à craindre.
Mon père pourra bien, en ce commun danger,
Dézapprouver mon choix, mais jamais le changer.

SCÈNE IX

DORANTE, LISETTE

DORANTE.

Quelqu'un m'a desservy près de luy, je parie ?

LISETTE.

Eh ! ne vous en prenés qu'à votre étourderie,
Et surtout au mépris (2) dont vous avés heurté
La rage qu'il avoit tantôt d'être écouté.

DORANTE.

Oui, j'ay tort, il est vray. Maintenant (3) il peut lire ;
Je l'écoute, ou plutôt, sans cela, je l'admire
Et m'ofre, en trouvant beau tout ce qui luy plaira,
De me couper la gorge avec qui le niera.

---

(1) Le manuscrit portait d'abord *secret*, au lieu de *projet*, surajouté.

(2) Textes imprimés : « *Et qu'au brusque mépris.* »

(3)   —   : « *Oui, j'ai tort ; je l'avoue. A présent il...* »

LISETTE.

Ce n'est pas maintenant votre plus grande afaire !
Songés à profiter d'un avis salutaire...
Pourriés-vous nous trouver de ces perturbateurs
Du repos du parterre et des pauvres auteurs.
Contre les nouveautés signalant leurs prouesses.
Et se faisant un jeu de la chûte des pièces ?

DORANTE.

Que diable en veux-tu faire ? Oui vraiment j'en con
                                              [nois (2).

LISETTE.

Courés les ameûter pour aller aux François,
Sur ce qui s'y joûera faire éclater l'orage.
La pièce est de l'auteur qui vous fait tant d'ombrage ;
Le père de Lucile y vient d'aller.

DORANTE.

                                   Tu veux...

LISETTE.

Ah ! j'en serois d'avis ! faites le scrupuleux !
Damis ne l'est pas tant, lui ; car à votre père
Il a de votre amour écrit tout le mistère.
Ce n'aura pas été pour vous servir, je croy,
Et vous le voudriés ménager ? Et sur quoy ?
Les plaisans intérêts pour balancer les vôtres !
Une pièce tombée, il en renaît mile autres !
Mais Lucile perdue, où sera votre espoir ?...
Monsieur de Francaleu, vous dis-je, va la voir.
Il n'a déjà que trop ce bel auteur en tête !
S'il le voit triompher, c'est fait, rien ne l'arrête
Il luy donne sa fille : et croiroit aujourd'huy
S'allier à la gloire en s'alliant à luy.

DORANTE.

Ah ! tu me fais frémir ! et des transes pareilles
Me livrent en aveugle à ce que tu conseilles.

---

(1) Textes imprimés : « ...*Oui, pour un, j'en sais trois.* »
Cette correction est-elle heureuse ? Avec *trois* à la rime, il faut pro-
noncer *François*.

SCÈNE X

LISETTE, *seule.*

Ah ! ah ! monsieur l'auteur ! avec votre air humain,
Vous endormés les gens, vous écrivés sous main ;
Vous avés du manége : et votre esprit superbe
Croit déjà sous le pied nous avoir coupé l'herbe ;
Un bon coup de siflet va vous être lâché ;
Et vous savés alors quel est notre marché ?

ACTE V

SCÈNE I

DAMIS, *seul.*

Je ne me connois plus aux transports qui m'agitent !
En tous lieux, sans dessein, mes pas se précipitent.
Le noir pressentiment, le repentir, l'effroi,
Les présages facheux volent autour de moy.
Je ne suis plus le même, enfin, depuis deux heures !
Ma pièce auparavant me sembloit des meilleures ;
Je n'y vois maintenant (1) que d'horribles défauts,
Du foible, du clinquant, de l'obscur et du faux.
De là plus d'une (2) image annonçant l'infamie !
La critique éveillée, une loge endormie ;
Le reste de fatigue et d'ennui harassé,
Le soufleur étourdy, l'acteur embarassé,
Le théâtre distrait, le parterre en balance,
Tantôt bruyant, tantôt dans un profond silence ;
Mille autres visions, qui touttes, dans mon cœur,
Font naître également le trouble et la terreur (3)...
Voicy l'heure fatale où l'arrêt se prononce !
Je sèche, je me meurs ! quel métier ! J'y renonce !
Quelque flateur que soit l'honneur que je poursuis,
Est-ce un équivalent aux horreurs (4) où je suis ?
Il n'est force, courage, ardeur qui n'y succombe ;
Car, enfin, c'en est fait ; je péris si je tombe.
Où me cacher ? où fuir ? et par où désarmer
L'honnête oncle qui vient pour me faire enfermer ?

---

(1) Transposition dans les textes imprimés : « *Maintenant je n'y vois* ».

(2) Dans l'édition de Rigoley de Juvigny *un* image ; le mot est encore masculin dans le peuple, en Bourgogne.

(3) Ces *troubles*, ces *terreurs*, un autre dijonnais, au siècle dernier, l'académicien *Brifaut*, les a de nouveau décrits.

(4) Textes imprimés : « *à l'angoisse* ».

Quelle égide opposer aux traits de la satire?
Comment paroître aux yeux de celle à qui j'aspire?
De quel front, à quel titre oserois-je m'ofrir,
Moy, misérable auteur qu'on viendroit de flétrir?
Mais mon incertitude est mon plus grand suplice;
Je suporterai (1) tout pourvû qu'elle finisse.
Chaque instant qui s'écoûle, empoisonant son cours,
Abrège au moins d'un an le nombre de mes jours!

SCÈNE II

M. FRANCALEU, BALIVEAU, DAMIS.

FRANCALEU, *à Damis.*

Hé bien! une autre fois, malgré mes conjectures,
Vous fierés-vous encore à vos heureux augures,
Monsieur? J'avois donc tort tantôt de vous prêcher
Que, lorsqu'on veut tout voir, il faut se dépêcher?
Voilà pourtant, voilà, la nouveauté... flambée!

DAMIS, *bas.*

Et mon sort décidé! Je respire (*haut*). Tombée!

FRANCALEU.

Tout à plat!

DAMIS.

Tout à plat?

BALIVEAU.

Oh! tout à plat!

DAMIS.

Tant pis!

(*A part*).
C'est qu'ils auront joüé comme des étourdis!

BALIVEAU.

Siflée et resiflée!

---

(1) On remarquera, dans ce monologue, la quantité de mots où les doubles lettres du français n'existent pas; cette simplification orthographique est tout-à-fait bourguignonne.

DAMIS.

Et le méritoit-elle?

BALIVEAU.

Oh! nous ne doutons pas (1) que l'auteur n'en apelle.
Le plus impertinent n'a jamais dit : « J'ay tort » !

FRANCALEU.

Celui-cy pouroit bien n'en pas tomber d'accord
Sans être, pour cela, taxé de sufisance,
Car jamais le public n'eut moins de complaisance.
Comment veut-il juger d'une pièce, en effet,
Au tintamarre afreux qu'au parterre on a fait?
Ah ! nous avons bien vû des fureurs de cabale,
Mais jamais il n'en fut ny n'en sera d'égale.
La pièce étoit venduë aux siflets aguerris
De tous les étourneaux des caffez de Paris.
Il en est venu fondre un essaim, des nuées!
Cependant à travers les brocards, les huées,
Le carillon des toux, des nez, des *paix là ! paix* !
J'ai trouvé...

BALIVEAU.

Ma foy, moy, j'ay trouvé tout mauvais.

FRANCALEU.

On en peut mieux juger, puisque l'on s'en escrime.
Morbleu! je le maintiens, j'ai trouvé telle rime (2)...

(*A Damis qui rit*).

Oui, telle rime digne, elle seule, à mon gré,
De relever l'auteur que l'on a dénigré.

BALIVEAU.

Tout ce que peut de mieux l'auteur avec sa rime
Ce sera, s'il m'en croit, de garder l'anonime
Et de n'exercer plus un talent suborneur
Dont les productions lui font si peu d'honneur.

---

(1) Textes imprimés : « *Il ne faut pas douter* ».

(2) On sait qu'Alexis Piron avait la rime hardie et très souvent heureuse; il ne l'oublie pas en la circonstance.

DAMIS.

C'est, s'il eût réussy, qu'il pouroit vous en croire
Et demeurer oisif au sein de la victoire,
De peur qu'une démarche à de nouveaux lauriers
Ne portât quelque atteinte à l'éclat des prémiers;
Mais contre ses rivaux et leur noire malice,
Le party qui lui reste est de rentrer en lice,
Sans que jamais il songe à la désemparer
Qu'il ne les force eux-même à venir l'admirer.
Le nocher dans son art s'instruit pendant l'orage :
Il n'y devient expert qu'après plus d'un naufrage.
Notre sort est pareil dans le métier des vers,
Et, pour y triompher, il y faut des revers.

FRANCALEU.

C'est parler en poëte, en héros, en grand homme ! (1)

(A Baliveau).

Vous êtes stupéfait? Ce trait-là vous assomme (2) :
Vivent les grands esprits pour former les grands cœurs!

(A Damis).

Mais cela n'apartient qu'à nous autres auteurs ;
N'est-ce pas, mon confrère?

SCÈNE III

BALIVEAU, FRANCALEU, DAMIS, MONDOR

DAMIS, à Mondor.

Hé bien ?

MONDOR.

Je vous annonce...

---

(1) Textes imprimés : « *C'est parler en héros, en grand homme, en poëte !.. »*

(2) Textes imprimés : « *Vous êtes stupéfait ? moi, non ; je le répète. »*

DAMIS.

Je sçais, je sçais... Ma lettre ?

MONDOR.

En voilà la réponse.

DAMIS.

Laisse-nous ; je te suis... Messieurs, permettés-moy
D'aller décacheter, à l'écart ; après quoy
Je compte vous rejoindre, et, laissant vers et prose,
Nous nous entretiendrons, s'il vous plaît, d'autre chose.

SCÈNE IV

BALIVEAU, FRANCALEU

BALIVEAU.

Ouy, changeons de propos et laissons tout cela.

FRANCALEU.

Si vous sçaviés combien j'aime ce garçon-là !

BALIVEAU.

C'est qu'à ce que je vois sa marotte est la vôtre ?

FRANCALEU.

C'est que cela jamais n'a rien dit comme un autre.

BALIVEAU.

Belle prérogative !

FRANCALEU.

Une lice ! un nocher !
Comme nous n'allons droit qu'à force de broncher !
Plaît-il ? Vous l'entendiés ?

BALIVEAU.

Moy ? non ; j'avois en tête
La lettre de cachet qui, dites-vous, est prête.

FRANCALEU.

Ce jeune homme n'est pas du commun des humains.
Les grands seigneurs déjà (1) se l'arrachent des mains.

BALIVEAU.

J'enrage !.. Revenons de grâce à la promesse
Dont vous m'avés flaté tantôt (2), pendant la pièce.

FRANCALEU.

Vous parlés d'une pièce ? Ah ! s'il en fait jamais
Ce sera de l'exquis ; c'est moi qui le promets
Et je défieray bien la cabale d'y mordre !

BALIVEAU.

Parlés ; auray-je enfin, n'auray-je pas mon ordre ?

FRANCALEU.

Hé, tranquilisés-vous ! soyés sûr de l'avoir.
Ouy, vous serés content, ce soir même, ce soir ;
C'est le terme qu'il prend. Votre affaire est certaine,
Et, tenés, son retour va vous tirer de peine,
Car je gagerois bien que, tout en badinant,
L'ordre est dans le paquèt qu'il ouvre maintenant.

BALIVEAU.

Qu'il ouvre maintenant ? qui ?

FRANCALEU.

Celui qui nous quitte.

BALIVEAU.

Plaît-il ?

FRANCALEU.

Etes-vous sourd ? Cet homme de mérite....

BALIVEAU.

Monsieur de l'Empirée !

---

(1) Textes imprimés : « *Peste ! les grands seigneurs se l'arrachent des mains.* »

(2) Ici, transposition : « *Dont vous m'avez tantôt flatté...* »

FRANCALEU.
　　　Et qui donc?

BALIVEAU.
　　　　　　　Quoy! c'est luy
Dont le zèle, pour moy, sollicite aujourd'huy?

FRANCALEU.
Luy-même... Il a trouvé que vous jouïés en maître;
Et votre admirateur, autant que l'on peut l'être (1)
Il veut vous enrôler, pour un mois, parmis nous.
Moy, le voyant d'humeur à tout faire pour vous,
J'ay dû le mettre au fait de ce qui vous intrigue,
Et des égaremens de votre enfant prodigue.
Il a, sur cette affaire, obligeamment pris feu,
Comme si c'eût été la sienne propre!

BALIVEAU.
　　　　　Adieu!

FRANCALEU.
Comment donc?

BALIVEAU.
　　　Vous avés opéré des prodiges!

FRANCALEU.
Monsieur le Capitoul, vous avés des vertiges!

BALIVEAU.
Eh! c'est vous qui, plutôt que mon neveu, cent fois
Mériteriés... (à part) Je suis le moins sensé des trois!..
Serviteur!

FRANCALEU.
　　　Mais encore; entre amis l'on s'explique.
Ne pouroit-on sçavoir quelle moûche vous pique?
Quoy! lorsque nous tenons...

BALIVEAU.
　　　　　　Non, nous ne tenons rien,
Puisqu'il faut vous le dire; et cet homme de bien,
Au mérite de qui vous êtes si sensible,
Est le pendard à qui j'en veux.

──────────────

(1) Textes imprimés : « *Autant que l'on doit l'être.* »

FRANCALEU.
                    Est-il possible?

BALIVEAU.
Le voilà ! Maintenant, soyés émerveillé
Du jeu de la surprise où j'ai tantôt brillé !
Si j'eûsse vû le diable, elle eût été moins grande !

FRANCALEU.
Je vous en ofre autant !... Maintenant (1) je demande
Où vous prenés le mal que vous m'en avés dit ?
Un garçon studieux, de probité, d'esprit :
Beau feu, judiciaire, en qui tout se rassemble !
Un Phœnix, un trésor....

BALIVEAU.
                    Un fou qui vous ressemble !
Allés, vous mérités cette apostrophe-là !
De bonne foy, sied-il, à l'âge où vous voilà,
Fait pour morigéner la jeunesse étourdie,
Que, par vous-même, au mal elle soit enhardie ?
Et que l'écervelé qui me brave aujourd'huy,
Au lieu d'un adversaire, en vous trouve un apuy ?
Il versifiera donc ? le beau genre de vie !
Ne se rendre fameux qu'à force de folie !
Etre, pour ainsy dire, un homme hors des rangs ;
Et le joüèt titré des petits et des grands !
Examinés les gens du métier qu'il embrasse :
La paresse ou l'orgueil en ont produit la race.
Devant quelques oisifs elle peut triompher ;
Mais, en bonne police, on devroit l'étoufer !
Oui, comment souffre-t-on leurs licences extrêmes ?
Que font-ils pour l'Etat ? pour les leurs ? pour eux-mêmes ?
De la société véritables frélons,
Chacun les y méprise et (2) craint leurs aiguillons !
Damis eût figuré dans un poste honorable,
Mais ce ne sera plus qu'un gueux, qu'un misérable,
A la perte duquel, en homme infatué,
Vous aurés eû l'honneur d'avoir contribué.
Félicités-vous bien ; l'œûvre est très méritoire.

_____

(1) Textes imprimés : « *A présent je demande.* »
(2)   —   « *Ou,* » au lieu de « *et* ».

FRANCALEU.

Oncle indigne à jamais d'avoir part à la gloire
D'un neveu qui déjà vous a trop honoré !
Sçavés-vous ce que c'est que tout ce long narré ?
Préjugé populaire, esprit de bourgeoisie,
De tous tems gendarmez contre la poésie.
Mais aprenés de moy qu'un ouvrage d'éclat
Ennoblit (1) bien autant que le capitoulat !
Aprenés...

BALIVEAU.

        Aprenés de moy qu'on ne void guère
Les honneurs, en ce siècle, accueillir la misère,
Et que la pauvreté, par qui tout s'avilit,
Dégrade quelquefois, mais jamais n'ennoblit (2) !
Forgés-vous des plaisirs de toutes les espèces :
On fait comme on l'entend quand on a vos richesses ;
Mais luy, que voulés-vous qu'il devienne à la fin ?
Son partage assuré, c'est la soif (3) et la faim ;
Et d'un œil satisfait on veut que je le voye ?
Soit ! à vos visions je l'abandonne en proye.
Il peut se reposer de ses nobles destins
Sur ceux qui, dites-vous, se l'arrachent des mains.
Qu'il périsse ! il est libre ; adieu.

FRANCALEU.

                Je vous arrête,
En véritable amy dont la réplique est prête
Et vais vous faire voir, avec précision,
Que nous ne sommes pas des gens à vision.
Lorsque j'aime (4) en Damis un don qui vous irrite,
Votre chagrin me touche autant que son mérite ;
Afin donc que son sort ne vous alarme plus,
Je lui donne ma fille avec cent mille écus.

---

(1) Textes imprimés : « *Anoblit* ».

(2)   —   « *Fai'e pour dégrader, rarement anoblit* ».

(3) Ce mot est à noter. Le Bourguignon, bon buveur, s'y révèle tout entier. Il laisse l'eau aux grenouilles, comme il dit, et se donne même bien garde de *baptiser* son vin.

(4) Textes imprimés : « *Si j'admire en Damis.* ».

BALIVEAU.

Qu'entends-je (1) ?

FRANCALEU.

     Assurément c'est n'être pas (2) à plaindre,
Car elle a de l'esprit, est belle, faite à peindre...
Holà, quelqu'un !... Vous-même en jugerés ainsy.

     (Au valèt).

Que l'on cherche Lucile et qu'elle vienne icy.

     (A part).

Aussy bien elle hésite, et rien ne se décide...

     (A Baliveau).

Qu'est-ce? vous mollissés? Votre front se déride?
Vous paroissés ému.

BALIVEAU

     Je le suis en effet.
Vous êtes un amy bien rare et bien parfait.
Un procédé si noble est-il imaginable?...
Ne me trouvés donc pas, au fonds, si condamnable.
Nous perçons l'avenir, ainsy que nous pouvons
Et sur le train des mœurs du siècle où nous vivons.
Quand à faire des vers un jeune esprit s'adonne,
Même en l'aplaudissant, je vois qu'on l'abandonne.
Damis, de ce côté, se porte avec chaleur
Et je ne luy pouvois pardonner son malheur ;
Mais dèz-que d'un tel choix votre bonté l'honore...

SCÈNE V

BALIVEAU, FRANCALEU, DAMIS,

FRANCALEU, *à Damis.*

Venés, venés, monsieur! Une autre fois encore
Vous serés à la Cour notre solliciteur !..
Vous vous flatiés, ce soir, de contenter monsieur?

DAMIS, *à Baliveau.*

M'avés-vous trahy ?

---

(1) Textes imprimés : « *Avec cent mille écus* »?
(2)   —   « *Eh bien ! est-il à plaindre* » ?

BALIVEAU.

Non. Qu'entre nous tout s'oublie,
Damis. Voicy quelqu'un qui nous réconcilie,
Qui signale à tel point son amitié pour nous
Qu'il s'acquiert à jamais les droits que j'eus sur vous.
Monsieur vous fait l'honneur de vous choisir pour
[gendre].
(Voyant Damis interdit.)
Ainsy que moy la chose a lieu de vous surprendre ;
Car, de quelques talens dont vous fussiés pourveû,
Nous n'osions espérer ce bonheur impréveû ;
Mais la joye auroit dû, suspendant sa puissance,
Avoir déja fait place à la reconnoissance.
Tombés donc aux genoux de votre bienfaiteur.

DAMIS, *d'un air embarassé.*
Mon oncle...

BALIVEAU.
Hé bien ?

DAMIS.
Je suis...

FRANCALEU.
Quoy ?

DAMIS.
L'humble adorateur
Des graces, de l'esprit, des vertus de Lucile ;
Mais de tant de bontés l'excès m'est inutile.
Rien ne doit l'emporter sur la foi des sermens,
Et j'ay pris, en un mot, d'autres engagemens.

FRANCALEU.
Ha !

BALIVEAU.

Le voilà cet homme au-dessus du vulgaire,
Dont vous vantiés l'esprit et la judiciaire,
Qui, tout à l'heure, étoit un Phœnix, un trésor !
Hé bien ! de ces beaux noms le nommés-vous encor ?
Vas, maudit soit l'instant où mon malheureux frère
M'embarassa d'un monstre en devenant ton père !

SCÈNE VI

M. FRANCALEU, DAMIS.

FRANCALEU.

Monsieur, la poësie a ses licences ; mais
Celle-cy passe un peu les bornes que j'y mets,
Et votre oncle, entre nous, n'a pas tort de se plaindre.

DAMIS.

Les inclinations ne sauroient se contraindre.
Je suis fâché de voir mon oncle mécontent ;
Mais vous-même, à ma place, en auriés fait autant,
Car je vous ay surpris loüant celle que j'aime,
A la loüer en homme épris plus que moi-même,
Et dont le sentiment sur le mien renchérit.

FRANCALEU.

Comment ? la connoîtrois-je ?

DAMIS.

                    Oui ; du moins son esprit.
Grace à l'heureux talent dont l'orna la Nature,
Il est connu partout où se lit le Mercure (1).
C'est là que, sous les yeux de nos lecteurs jaloux,
L'amour entre elle et moy forma des nœuds si doux.

FRANCALEU.

Quoy ! ce seroit ?... Quoy ! c'est la Muse originale
Qui de ses impromptus, tous les mois, nous régale ?

DAMIS.

Je ne m'en cache plus.

FRANCALEU.

                    Ce bel esprit sans pair ?

---

(1) Cet incident de la prétendue poétesse bretonne qui se trouve être Francaleu, outre qu'il est fort plaisant et des mieux lié à l'action, avait pour Piron un piment spécial, celui de rappeler que Voltaire, son adversaire, s'était signalé comme l'un des plus ardents admirateurs d'un esprit qu'il méprisa dès qu'il sut que la soi-disant demoiselle Malcrais était un homme.

DAMIS.

Hé, ouy !

FRANCALEU.

Mériadec, de Kersic... de Quimper ?

DAMIS.

En Brétagne. Elle-même ! Il faut être équitable ;
Avoués maintenant, rien est-il plus sortable ?

FRANCALEU, *riant*.

Embrassés-moy !

DAMIS.

De quoy riés-vous donc si haût ?

FRANCALEU.

Du pauvre oncle qui s'est éfarouché trop tôt ;
Mais nous l'appaiserons !... Rien n'est gâté !

DAMIS.

Sans doute,
Il sortira d'erreur, pour peu qu'il nous écoûte !

FRANCALEU.

Oh ! c'est vous qui, pour peu que vous nous écoutiés,
Laisserés, s'il vous plaît, l'erreur où vous étiés !

DAMIS.

Quelle erreur ? qu'insinuë un pareil verbiage ?

FRANCALEU.

Que vous comptez en vain faire ce mariage.

DAMIS.

Ah ! vous aurés beau dire.

FRANCALEU.

Et vous beau protester !

DAMIS.

Je l'ay mis dans ma tête !

FRANCALEU.

Il faudra l'en ôter !

DAMIS.

Parbleu non!

FRANCALEU.

Parbleu si! Parions?

DAMIS.

Bagatelle!

FRANCALEU.

La personne pourroit, par exemple, être telle...

DAMIS.

Telle qu'il vous plaira! sufit qu'elle ait un nom.

FRANCALEU.

Mais laissés dire un mot, et vous verrés que non.

DAMIS.

Rien! rien!

FRANCALEU.

Sans la chercher si loin...

DAMIS.

J'irois à Rome!

FRANCALEU.

Quoy faire?

DAMIS.

J'ay promis; j'épouseray (1)!

FRANCALEU.

Quel homme!

DAMIS.

Et, tout en vous quittant, j'y vais tout disposer.

FRANCALEU.

Oh! disposés-vous donc, monsieur, à m'époûser!
A m'époûser, vous dis-je!... Oui, moy, moy! C'est moi-
Qui suis ce bel objet de votre amour extrême! [même

---

(1) Textes imprimés : « L'épouser! Je l'ai promis. »

DAMIS.

Vous ne plaisantés point ?

FRANCALEU.

Non ; mais, en vérité,
J'ay bien, à vos dépens, jusqu'icy plaisanté,
Quand, sous le masque heureux qui vous donnoit le
Je vous faisois chanter des vers à ma loüange ! [change
Voilà de vos arrêts, messieurs les gens de goût !
L'ouvrage est peu de chose, et le seul nom fait tout.
Oh ça ! laissons donc là ce burlesque hyménée.
Je vous remèts la foy que vous m'aviés donnée :
Ne songeons désormais qu'à vous dédommager
De la faute où ce jeu vient de vous engager.
Je vous fais perdre un oncle, et je dois vous le rendre ;
Pour cela je persiste à vous nommer mon gendre.
Ma fille, en cas pareil, me vaudra bien, je croy,
Et n'est pas un party moins sortable que moy ?
Tenés, luy pouriés-vous refuser quelque estime ?

DAMIS, *bas.*

Ah ! Lisette la suit !... Malheur à l'anonime !

SCÈNE VII

FRANCALEU, DAMIS, LUCILE, LISETTE.

FRANCALEU.

Mignonne, venés ça ! Vous voyés devant vous
Celuy dont j'ay fait choix pour être votre époux.
Ses talens...

LISETTE.

Ses talens ! c'est où je vous arrête.

FRANCALEU.

Qu'on sé taise !

LISETTE.

Aprenés...

FRANCALEU

Ne me romps pas la tête,
Coquine ! Crois-tu (1) donc que je sois à sentir
Que tout le jour icy tu n'as fait que mentir ?

DAMIS, *bas à Francaleu.*

Faites qu'elle nous laisse un moment, et pour cause.

FRANCALEU.

Vas-t'en !

LISETTE.

Qu'auparavant je vous dise une chose.

FRANCALEU.

Je ne veux rien entendre.

LISETTE.

Et moy, je veux parler...
Tenés, voilà l'auteur que l'on vient de sifler !

DAMIS.

Maintenant elle peut rester.

FRANCALEU.

L'impertinente !

DAMIS.

A dit vray !

LISETTE, *à l'oreille de Lucile*

Tenés bon ; je vais chercher Dorante.

---

(1) Textes imprimés : « *Tu crois donc que...* » — Il semble qu'il faudrait, pour la correction de la phrase un *ne* à « *que je sois,* » mis pour « que je *ne* sois. » Au reste cette phrase n'est pas des plus heureuses avec ses deux *que* : « *que je sois... que tout le jour...* »

SCÈNE VIII

FRANCALEU, DAMIS, LUCILE

FRANCALEU.

Elle a dit vray ?

DAMIS.

Très-vray ?

FRANCALEU.

La nouvelle, en ce cas,
M'étone bien un peu, mais ne me change pas.
Non, je n'en rabats rien de ma première estime :
Loin de là ! votre chûte est si peu légitime,
Fait voir tant de rivaux déchaînez contre vous,
Qu'elle prouve combien vous les surpassés tous !
Et ma fille n'est pas non plus si mal habile....

LUCILE.

Mon père ...

DAMIS.

Permettés, belle et sage (1) Lucile....

LUCILE.

Permettés-moy, monsieur, vous-même, de parler. ..
Mon père, il n'est plus tems de rien dissimuler.
D'un père, je le sçais, l'autorité suprême
Indique ce qu'il faut qu'on haïsse ou qu'on aime ;
Mais de ce droit jamais vous ne fûtes jaloux.
Aujourd'huy même encor, vous vouliés, disiés-vous,
Que, par mon propre choix, je me rendisse heureuse ;
Vous vous en êtes fait (2) une loy généreuse ;

---

(1) Textes imprimés : « *belle et jeune Lucile.* »

(2)   id.   « *en étiez fait.* »

Et c'est ainsy qu'un père est toujours adoré,
Et que moins il est craint, plus il est révéré !
Vous m'avés ordoné surtout d'être sincère,
Et d'oser là-dessus m'expliquer sans mistère :
Mon devoir le veut donc, ainsy que mon repos.

FRANCALEU.

Au fait ! (*à part*) J'augure mal de cet avant-propos.

LUCILE.

Parmis les jeunes gens que ce lieu-cy rassemble...

FRANCALEU, *l'interompant.*

Ah ! fort bien !

LUCILE.

   Rassurés votre fille qui tremble...
Et qui n'ose qu'à peine embrasser vos genoux.
  (*Elle se jète aux pieds de son père*).

FRANCALEU.

Vous panchiés pour quelqu'un? J'en suis fâché pour
           [vous] !
Pourquoi tardiés-vous tant à me le venir dire?

LUCILE.

C'est que celuy vers qui ce doux panchant m'atire
Est le seul justement que vous avés (1) exclus.

FRANCALEU.

Quoi! quand j'ay mes raisons...

LUCILE, *l'interompant.*

       Vous ne les avés plus.
Son cœur à mon égard étoit selon le vôtre;
Vous craigniés qu'il ne fût dans les liens d'une autre

---

(1) Textes imprimés : « *que vous aviez* ».

Et jamais un soupçon ne fut si mal fondé ;
Il m'adore, et de moy près de vous secondé...
Ah ! je lis mon arrêt sur votre front sévère !
Hé bien ! j'ay mérité toute votre colère !
Je n'ay pas contre moy fait d'assés grands éforts :
Mais est-ce donc avoir mérité mile morts ?
Car, enfin, c'est à quoi je serois condamnée
S'il falloit à tout autre unir ma destinée !
Non, vous n'userés pas de tout votre pouvoir,
Mon père ! Acordons mieux mon cœur et mon devoir !
Arrachés-moy du monde à qui j'étois renduë !
Hélas ! il n'a brillé qu'un instant à ma vuë !
Je fermeray les yeux sur ce qu'il a d'atraits...
Puisse le ciel m'y rendre insensible à jamais !

FRANCALEU, à part.

La sotte chose en nous que l'amour paternelle !
Ne suis-pas déjà prêt à pleurer, comme elle !

DAMIS.

Eh ! laissés-vous aller à ce doux mouvement,
Monsieur ! Ayés pitié d'elle et de son amant.
Je ne vous rejoignois, après ma lètre luë,
Que pour servir Dorante, à qui Lucile est duë.
Laissés là ma fortune et ne songés qu'à luy !

FRANCALEU.

Votre ennemi mortel, qui vouloit aujourd'huy...

DAMIS, l'interompant.

Soufrés que ma vengeance à cela se termine.

FRANCALEU.

Mais c'est le fils d'un homme ardent à ma ruine !

DAMIS, luy remètant une lètre ouverte.

Non : voilà qui met fin à vos inimitiés.

SCÈNE IX et DERNIÈRE

DORANTE, FRANCALEU, DAMIS, LUCILE.

DORANTE, *à M. Francaleu, en se jetant à ses pieds.*

Ecoutés-moy, Monsieur, ou je meurs à vos pieds !...

(Apercevant Damis.)

Après avoir percé le cœur de ce perfide !...
Il est tems que je rompe un silence timide :
J'adore votre fille ! Arbitre de mon sort,
Vous tenés en vos mains et ma vie et ma mort.
Prononcés et soufrés cependant que j'espère !
Un malheureux procès vous brouille avec mon père ;
Mais vous fûtes amis : il m'aime tendrement !
Le procès finiroit par son désistement.
Je cours donc me jeter à ses pieds comme aux vôtres ;
Faire à vos intérêts immoler tous les nôtres,
Vous réunir tous deux, tous deux vous émouvoir,
Ou me laisser aller à tout mon désespoir...

(A Damis.)

D'une ou d'autre façon, tu n'auras pas la gloire,
Traître ! de couroner la méchanceté noire
Qui croit avoir icy disposé tout pour toy,
Et qui t'a fait écrire à Paris contre moy !

DAMIS.

Enfin l'on s'entendra malgré votre colère.
J'ay véritablement écrit à votre père,
Dorante, mais je crois avoir fait ce qu'il faut..

(Montrant M. Francaleu).

Monsieur tient la réponse et peut lire tout haut.

FRANCALEU *(lisant).*

« Aux traits dont vous peignés la charmante Lucile
Je ne suis pas surpris de l'amour de mon fils.
Par son médiateur il est des mieux servis

Et vous plaidés sa cause en orateur habile.
La rigueur. il est vrai, seroit très-inutile,
      Et je défère à vos avis.
Reste à lui faire avoir cette beauté qu'il aime.
     Il n'aura que trop mon aveu !
    · Celui de monsieur Francalèu
     Puisse-t-il s'obtenir de même !
Parlés, pressés, priés ! Je désire à l'excès
Que sa fille, aujourd'huy, termine nos procès,
Et que le don d'un fils qu'un tel ami protège
Entre votre hôte et moy renouvelle à jamais
     La vieille amitié de collège.

         « *Métrophile* (1). »

   (A *Dorante*).

Maîtresse, amis, parens, puisque tout est pour vous,
Aimés donc bien Lucile, et soyés son époux.

       DORANTE.

Ah ! monsieur !

     (A *part, baisant la lètre*)
    O mon père !...

       (A *Lucile*)
     Enfin, je vous possède !

      DAMIS.

Sans en moins estimer l'ami qui vous la cède ?

      DORANTE.

Cher Damis ! vous devés en éfèt m'en vouloir,
Et vous voyés un homme...

      DAMIS.

     Heureux !

---

(1) Il n'y a aucun nom dans le manuscrit, mais nous pensons que c'est
un oubli, puisque toutes les éditions portent la signature de *Métrophile*,
ce qui rentre bien dans la conception de la *Métromanie* où les principaux
personnages, hormis M. Baliveau, sont atteints de la maladie poétique.

DORANTE.

Au désespoir !

Je suis un monstre !

DAMIS.

Non ; mais, en termes honêtes,
Amoureux et François ; voilà ce que vous êtes.

DORANTE, (*à Francaleu et à Lucile*)

Un furieux ! qui, plein d'un ridicule éfroi,
Tandis qu'il agissoit si noblement pour moi,
Impitoyablement ay fait sifler sa pièce !

DAMIS.

Quoy ! Mais je m'en prens moins à vous qu'à la
[traîtresse]
Qui vous a confié que j'en étois l'auteur.
Je suis bien consolé, j'ay fait votre bonheur !

DORANTE.

J'ay demain, pour ma part, cent places retenues
Et veux, après demain, vous faire aller aux nuës !

DAMIS.

Non ; j'apelle, en auteur soumis, mais peu craintif,
Du partère en tumulte au partère atentif.
Qu'un si frivole soin ne trouble point la fête ;
Ne songés qu'aux plaisirs que l'himen vous aprête.

(*A part*)

Vous, à qui cependant je consacre mes jours,
Muses, tenés-moy lieu de fortune et d'amours !

FIN

———————

Après le mot *fin* on lit ces vers dans le manuscrit :

> « Je fis cet ouvrage à Livry,
> A ce beau lieu j'en dois l'hommage ;
> Il m'inspira ce badinage
> Dont tant d'honêtes gens ont ry ;
> Et pour en dire davantage,
> C'est ce beau lieu, des cieux chéry,
> C'est *Livry* qui fit cet ouvrage. »

On sait que ce fut à Livry, dans la maison de campagne du comte de ce nom, ami et bienfaiteur de Piron, que ce poète composa son *Gustave Wasa* et sa *Métromanie*. C'est à Livry que lui arriva l'accident du *haha* auquel il est fait allusion dans la 1re scène, du 1er acte, de la *Métromanie*.

Imprimerie SIRODOT-CARRÉ, Dijon

www.ingramcontent.com/pod-product-compliance
Lightning Source LLC
Chambersburg PA
CBHW070855030726
47504CB00005B/1348